青少年修身养性故事书系：

石头与陶罐
SHITOU YU TAOGUAN

——人格教育·情商培养的故事

王定功　主编

时代出版传媒股份有限公司

安徽文艺出版社

图书在版编目(CIP)数据

石头与陶罐——人格教育、情商培养的故事 / 王定功主编.
—合肥：安徽文艺出版社，2014.4
　　(青少年修身养性故事书系)
　　ISBN 978-7-5396-4875-0

Ⅰ.①石… Ⅱ.①王… Ⅲ.①故事－作品集－世界 Ⅳ.①I14

中国版本图书馆 CIP 数据核字(2014)第 044391 号

出 版 人：朱寒冬
责任编辑：李　芳　　　装帧设计：张晓娟　闻　艺
....
出版发行：时代出版传媒股份有限公司　www.press-mart.com
安徽文艺出版社　www.awpub.com
地　　　址：合肥市翡翠路 1118 号　邮政编码：230071
印　　　制：合肥瑞丰印务有限公司
....
开　　本：710×1010　1/16　印张：14.75　字数：360 千字
版　　次：2014 年 4 月第 1 版　2023 年 1 月第 2 次印刷
定　　价：45.00 元
....

目 录

1

旅游

在春天的一个美好日子里，许多人结伴到郊外去春游。这些人都兴高采烈，带上干粮、水壶便出发了。唯有一个有心人带了一把雨伞。

郊外的山上繁花似锦，莺声燕语，令游人们流连忘返。然而正当渐入佳境的时候，天空中却飞来了巨大的乌云，雷声隆隆地从远处滚来。眼看就要下雨了，那些没带雨伞的游客，被这突如其来的变故弄得惊慌失措，再也无心游览，一个个抱头鼠窜，跑下山去，寻找避雨的场所。

那位带了雨伞的人却不害怕，一把雨伞给了他充分的信心。他一边讥笑其他游客"人无远虑，必有近忧"，一边继续往春之纵深踱去，饱餐春之秀色。

不一会，雨便下起来了。他撑开了雨伞。不料这一场春雨下得十分猛烈，没等他回过神来，条条雨鞭便被风裹挟着，直扑他的怀里，巨大的旋风将他及雨伞旋成了一个陀螺。雨伞不但不能给他提供一点保护，反而成了他的累赘。

眼看就要旋下山沟，迫不得已，他只有收起雨伞，跌跌撞撞往山下跑。待他赶到众人避雨的地方，他已经被浇成了一只落汤鸡。而那些并未带伞的游客，目睹他此时的狼狈相，一个个笑得前仰后合。

探险恐怖角

迈克·英泰尔 37 岁那年做了一个疯狂的决定:放弃他薪水优厚的记者工作,把身上仅有的三块多美元捐给街角的流浪汉,只带了干净的内衣裤,决定由阳光明媚的加利福尼亚州,靠搭便车与陌生人的好心,横越美国。

他的目的地是美国东岸北卡罗莱纳州的"恐怖角"(Cap Fear)。

这是他精神快崩溃时做的一个仓促决定。某个午后他"忽然"哭了,因为他问了自己一个问题:如果有人通知我今天死期到了,我会后悔吗?答案竟是那么的肯定。虽然他有好工作、美丽的同居女友、亲友,他发现自己这辈子从来没有下过什么赌注,平顺的人生从没有高峰或底谷。

他为自己懦弱的上半生而哭。

一念之间,他选择北卡罗莱纳州的恐怖角作为最终目的,借以象征他征服生命中所有恐惧的决心。

他检讨自己,很诚实地为他的"恐惧"开出一张清单:

打从小时候他就怕保姆、怕邮差、怕鸟、怕猫、怕蛇、怕蝙蝠、怕黑暗、怕大海、怕飞、怕城市、怕荒野、怕热闹又怕孤独、怕失败又怕成功、怕精神崩溃……他无所不怕,却似乎"英勇"地当了记者。

这个懦弱的 37 岁男人上路前竟还接到奶奶的纸条:"你一定会在路上被人杀掉。"但他成功了,4000 多里路,78 顿餐,全仰赖 82 个陌生人的好心。

没有接受过任何金钱的馈赠,在雷雨交加中睡在潮湿的睡袋里,也有几个像公路分尸案杀手或抢匪的家伙使他心惊胆战,在游民之家靠打工换取住宿,住过几个破碎家庭,碰到不少患有精神疾病的好心人,他终于来到"恐怖角",接到女友寄给他的提款卡(他看见那个包裹时恨不得跳上柜台拥抱邮局职员)。他不是为了证明金钱无用,只是用这种正常人会觉得"无聊"的艰辛旅程来使自己面对所有恐惧。

"恐怖角"到了,但"恐怖角"并不恐怖。原来"恐怖角"这个名称,是由一位 16 世纪的探险家取的,本来叫"Cape Faire"(仙女角),被讹写为"Cape Fear"(恐怖角),只是一个失误。

一辈子只做一碗汤

　　我家门前有两家卖老豆腐的小店。一家叫"潘记"，另一家叫"张记"。两家店是同时开张的。刚开始，"潘记"生意十分兴隆，吃老豆腐的人得排队等候，来得晚就吃不上了。潘记的特点是：豆腐做得很结实，口感好，给的量特别大。相比之下，张记老豆腐就不一样了。首先是豆腐做得软，软得像汤汁，不成形状；其次是给的豆腐少，加的汤多，一碗老豆腐多半碗汤。因此，有一段时间，张记的门前冷冷清清。

　　有一天早上，因为我起床晚了，只好来到张记的豆腐店。吃完了一碗老豆腐，老板走过来，笑着问我豆腐怎么样。我实话实说："味道还行，就是豆腐有点软。"老板笑了笑，竟然有几分满意的样子。我说："你怎么不学学潘记呢？"老板看着我说："学他什么呀？"我说："把豆腐做得结实一点呀。"老板反问我："我为什么要学他呢？"沉思了一下，老板自我解释说："我知道了，你是说，来我这边吃豆腐的人少，是吗？"我点点头。老板建议我两个月以后再来，看看是不是会有变化。

　　大概一个多月以后，张记的门前居然真的也排起了长队。我好奇，也排队买了一碗，看看碗里的豆腐，仍然是稀稀的汤汁，和以前没什么两样，吃起来，仍是以前的口感。

　　老板脸上仍然挂着憨厚的笑。我笑着问他："能告诉我这其中的秘诀吗？"老板说："其实，我和潘记的老板是师兄弟。"我有些惊讶："可你们做的豆腐不一样呀。"老板说："是不一样。我师兄——潘记做的豆腐确实好，我真比不上，但我的豆腐汤是用肉、骨头，配上调料，经过几个小时熬制而成，师兄在这方面就不如我了。"

　　见我还有些不解，老板继续解释："这是我师傅特意传授给我们的。师傅说，生意要想长远，就要有自己的特长。师傅还告诉我们'吃'的生意最难做，因为众口难调，人的口味是不断变化的，即使是山珍海味，经常吃也会烦，因此师傅传给我们不同的手艺。这样，人们吃腻了我师兄的豆腐，就会到我这里来喝汤。时间长了，人们还会回到我师兄那里。再过一段时间，人们又会来我这里。这样我们师兄弟的生意

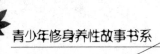

就能比较长远地做下去,并且互不影响。"

　　我试探地问:"你难道就不想跟师兄学做豆腐么?"老板却说:"师傅告诉我们,能做精一件事就不容易了。有时候,你想样样精,结果样样差。"

只赚 1 分钱

前不久,绍兴市政府在诸暨召开的"发展民营经济经验交流会"上,道出了当地特殊的经济发展模式——3.5 元一双的高档精纺袜,只赚 1 分钱就卖!只赚 1 分钱,这令不少与会的见多识广的专家吃惊不小,很多企业主更是不敢相信。

然而,就是这毫不起眼的 1 分钱利润,培育出了数不清的百万富翁。他们给与会者算了一笔账:一双袜子赚 1 分钱,一个普通摊位每个月要是销出 70 万到 80 万双袜子,也就有 7000 元到 8000 元的利润,一年下来就有将近 10 万元。

如今,在诸暨大唐镇,大唐袜业市场拥有 1600 间摊位。去年,这里销出了超过 70 亿双袜子。

同样在绍兴市,唯一拥有中国驰名商标的浙江某集团,除了在全国各地的大商场内和商业街上开柜台和专卖店外,还做着一项鲜为人知的生意:在超市里卖三四十元一条的西裤。

面对疑问,该集团董事长解释:"尽管超市西裤价格比较低,利润不大,但是 3 个月就结一次款,资金可以马上回笼,没有积压的风险。你不要看不起那一点点的利润,积少成多,去年我们在上海几个大超市,一年就做了 1000 多万元的生意。何乐而不为呢?"

这里还有一个类似的例子,说的是深圳一个半文盲的妇女,起初她给人家当保姆,后来在拥挤的街头摆小摊卖胶卷。她认死理,一个胶卷永远只赚 1 毛钱。市场上的柯达胶卷卖 22 元时,她只卖 15.1 元,不想,后来批发量却大得惊人,生意也越做越大。

现在,在深圳,她的摄影器材店,可以说搞摄影的无人不晓。

老天爱笨小孩

上学时考试常常不及格的小张成了私立学校的校长,一向性格内向沉默寡言的大刘当上了外企销售主管,在厂里干什么都不行的二愣下岗后做代理商发了财……

"他这样的人怎么会发财了呢?"于是,常常能听到这样的诧异。这固然有心理不平衡的因素,也确实反映了许多人对于成功的困惑:为什么有些素质很差的人能获得让人大跌眼镜的成功,而那些聪明勤奋的人却常常只能是个优秀的小职员?

著名的组织行为学者,美国密执安大学教授卡尔·韦克转述了一个绝妙的实验:把六只蜜蜂和六只苍蝇装进一个玻璃瓶中,然后将瓶子平放,让瓶底朝着窗户,会发生什么情况?

你会看到,蜜蜂不停地想在瓶底上找到出口,一直到它们力竭倒毙或饿死;而苍蝇则会在不到两分钟之内,穿过另一端的瓶颈逃逸一空——事实上,正是它们的智力的差异,才导致聪明的蜜蜂灭亡、愚蠢的苍蝇逃脱。

蜜蜂以为,囚室的出口必然在光线最明亮的地方,它们不停地重复着这种合乎逻辑的行动。对蜜蜂来说,玻璃是一种超自然的神秘之物,它们在自然界中从没遇到过这种突然不可穿透的大气层,而它们的智力越高,这种奇怪的障碍就越显得无法接受和不可理解。

那些愚蠢的苍蝇则对事物的逻辑毫不留意,全然不顾亮光的吸引,四下乱飞,结果误打误撞地碰上了好运气。这些头脑简单者总是在智者消亡的地方顺利得救。因此,苍蝇得以最终发现那个正中下怀的出口,并因此获得自由和新生。

韦克总结道:"这件事说明,实验、坚持不懈、试错、冒险、即兴发挥、最佳途径、迂回前进、混乱、刻板和随机应变,所有这些都有助于应付变化。"

茶杯上的专业

那天我带客人去见老板,办公室的秘书出去办事了,我只好给客人倒水,将客人的水杯放到桌子上时,我看到老板的水杯也该续水了,于是我轻轻地拿过水杯。续上水后也放回桌子上。

送走客人,老板把我叫到办公室。

"你是为谁服务的?"老板突然问我。

我看了看老板,见他一本正经,便满腹狐疑地说:"为你……"

"对,现在你是为我服务,为我服务,你就必须了解我的习惯,必须思考怎样做才能让我更舒服、更满意。我平时是用左手喝茶还是右手?"

"右手!"我肯定地回答。

"那你为什么把茶杯放在了左面? 我喝茶时要从椅子上站起身才能拿到杯子,不注意还会把茶洒在文件上……"

老板端起水杯,走出去,片刻回来,把空杯子递给了我。

老板是让我再给他倒一杯茶。

打开茶几下面的抽屉,里面有花茶、绿茶、红茶,光绿茶就有好几种。我不知道老板喜欢喝哪种茶。

我问老板,老板说:"你跟我在一起不是一天两天了,平时你就应该注意观察。"

平时我怎么没有注意到呢?除了要解决喜欢喝什么茶的问题,还有一个放多少茶叶的问题。少了太淡,多了太浓。

我双手小心翼翼地把茶杯放在老板的右前方的桌子上,满怀信心地看着老板,以为这次算是完美了。"你应该把茶杯手把靠着我,这样我正好抓着,不用再转茶杯……"老板还是指出了我的不足,"茶不能倒得太满,太满了茶的温度不能很快降下来,客人不能马上喝,这就失去了给客人倒茶的意义。无意义的服务,既浪费了茶叶,又付出了劳动,客人却没有得到丝毫的好处。"

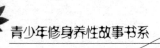

　　这是第一次听到印象深刻的关于"倒茶"哲学。还有一次,是老板在公司中层干部会上讲的话。那是一个炎热的夏天,会议研究解决生产上的一个问题,大家提出了很多客观理由,言外之意解决问题困难很大——老板听了有些生气:"大家都感到现在很热,很热这是老天的事情,我们管不着,也没有办法管。但是我们难道就这样让它热下去吗?不是,我们可以通过自己的努力,去挣钱,挣了钱买空调,我们就可以不受这份热,这是我们能够改变的事情。人,生来就是解决问题的,如果没有问题,我们今天在这里工作还有什么意义。"

　　10年快过去了,老板的这两次讲话,我却永远忘记不了。现在我也成了老板,对那些有发展前途的员工,我总是让他们先学会给客人倒水,打扫卫生。我知道,在这个世界上,哪怕最简单的事情,需要认真思考才能够做好。

生活之本

多年前,美国纽约的"红心慈善协会"准备为一家孤儿院盖一所大房子。在破土动工时,意外地挖到了一座坟墓。于是在报纸上刊登出启事,请死者家属速来商量移坟事宜,届时将得到补偿款 5 万美金。

32 岁的爱德华看了消息不由怦然心动,他的家就曾在那片土地上。父亲也确实死去了,但却不是葬在那里。就差了一点点,爱德华忍不住地想,要是父亲当初葬在这块地上就好了,他就可以轻而易举地获得 5 万美金。5 万美金,这在当时真是一个惊人的数字了。

可那不是自己的父亲,但爱德华还是抑制不住五万元的诱惑。他还想,这座坟墓既然没有人认领,自己可不可以冒充一回孝子,做一回儿子?爱德华为自己的想法所激动。不过启事上说得很明白:要去认领,得拿出相关的证明。

爱德华绞尽脑汁,终于想出了可以证明那是父亲坟墓的办法。他还到旧货市场,买了一张 30 年前的旧发票,再到"丧事物品店"花了六美元,让人在旧发票上盖了一个章,证明他 30 年前曾为父亲在这里买过葬品。爱德华做得天衣无缝,喜出望外地跑去认爹了。

那家慈善机构的一位小姐热情地接待了爱德华。爱德华装出一副悲痛的模样,甚至掉下眼泪,痛哭不止,接待小姐却笑了,说:"你不必这样,老人家毕竟已经入土 30 年了,活人不该再这样悲痛。"爱德华感到自己是有点过了,就不再装腔作势。

接下来的事,却让爱德华大吃一惊,小姐将他的姓名、住址记录在案,告诉他,他是第 169 位来认父亲的儿子。如果说得明白点,现在已经有 169 个儿子来认爹了,他们要一一审查,确认谁是其中的真儿子。

这对爱德华如当头一棒,怎么也没想到,会有这么多和他一样财迷心窍,想认爹的人。

当时美国国内,正值人心不古。全社会都在经受着一场信任与诚实的危机,人

们对诚信的呼声日渐高涨。

事情被一家媒体报道,将这169位认爹的人姓名刊登在报纸上,告诉人们,人再贪财,爹是不能乱认的。这时对坟墓尸骨的鉴定也出来了,令人惊奇的是,这169位儿子都是假的。坟墓里的尸体已经有160年了,死者的儿子不可能还健在。事情让人哗然。

这真是一个耻辱。

又是这家慈善机构宣布:如果大家确实想认爹,可以到老年收容所去,他们每人都将得到一个爹。看到如此的闹剧,美国上下深受震动。各界人士纷纷站出来讲话,呼吁诚信,提倡道德,重整人心,号召人们一定要做一个诚实坦白的人,一定要靠自己的劳动创造自己的未来。

在那次事件中,爱德华无地自容,非常惭愧。他将那份报纸珍藏起来,金子样地保存着,以警示自己,一定要做一个诚实可信的人。10年后,爱德华成为了全美通信器材界的巨头。当有人问他创业和成功的秘诀时,爱德华坚定而感慨地说:"诚实,是诚实帮助了我,它使我懂得了如何做人,使我有了事业并学会了如何待人,大无畏的诚实给了我一切。"一个诚实可信的人,虽然会被人欺骗,常常吃亏,但最终会赢得信誉,受人爱戴,并获得成功。

"利"与"弊"

有一段时间，著名人际关系交往专家卡耐基曾经长期租用纽约一家饭店的大舞厅，用来举办一系列的讲座。

但是在某一季度开始的时候，他突然接到通知，饭店让他付出比以前高出3倍的租金。卡耐基当然不想付这笔增加的租金，可是他知道跟饭店的人争论是没有用处的。几天之后，他亲自去见饭店的经理。

"收到你的通知，我有点吃惊。"卡耐基说，"但我根本不怪你。如果我是你，我也可能发出一封类似的通知。身为饭店的经理，你当然有责任尽可能地使收入增加。现在，我们拿出一张纸来，把你因此可能得到的利弊列出来。"

接着，卡耐基取出一张纸，在中间画了一条线，一边写着"利"，另一边写着"弊"。

他在"利"这边的下面写下"舞厅空下来"几个字，然后说："你把舞厅租给别人开舞会是最划算的，因为像这类的活动，比租给我作讲课场所能增加不少收入。如果我把你的舞厅占用20个晚上来讲课，你的收入当然就要少一些。"

"但是，现在我们来考虑坏的方面。首先，如果你坚持增加租金，你不但不能从我这儿增加收入，反而会减少自己的收入。事实上，你将一点收入也没有，因为我无法支付你所要求的租金，我只好被迫到另外的地方去开这些课。"

"另外，你还有一个损失。这些课程吸引了不少受过教育、修养高的人到你的饭店来，这对你是一个很好的宣传，不是吗?事实上，如果你花费5000美元在报上登广告，也无法像我的这些课程能吸引这么多的人来你的饭店。这对一家饭店来讲，不是价值很大吗?"

卡耐基一面说，一面把这两项坏处写在"弊"的下面，然后把纸递给饭店的经理，说："我希望您好好考虑您可能得到的利弊，然后告诉我您最后的决定。"结果，第二天卡耐基收到一封信，通知他租金只涨50%，而不是300%。

世界冠军与蚊子

在一场举世瞩目的赛事中,台球世界冠军已走到卫冕的门口。他只要把最后那个 8 号黑球打进球门,凯歌就奏响了。就在这时,不知从什么地方飞来一只蚊子。蚊子第一次落在了握杆的手臂上。有些痒,冠军停下来。蚊子飞走了,这回竟飞落在了冠军锁着的眉头上。冠军不情愿地只好停下来,烦躁地去打那只蚊子。蚊子又轻捷地脱逃了。冠军做了一番深呼吸再次准备击球。

天啊!他发现那只蚊子又回来了,像个幽灵似的落在了 8 号黑球上。冠军怒不可遏,拿起球杆对着蚊子捅去。蚊子受到惊吓飞走了,可球杆触动了黑球,黑球当然也没有进洞。按照比赛规则,该轮到对手击球了。对手抓住机会死里逃生,一口气把自己该打的球全打进了。

卫冕失败,冠军恨死了那只蚊子。可惜的是他后来患了重病,再也没有机会走上赛场。临终时他还对那只蚊子耿耿于怀。

遭遇水灾

一个人被湍急的河水卷走后,像一片草叶似的顺水而下。这时,那人多么想抓住一样东西,哪怕是一根芦苇、一把水草也好。然而四面都是水,他什么也抓不住,心想这一下算没救了,死就死吧!这个念头一出,身上立时没劲了,也没有力气挣扎了,整个身子也要往下沉。

正在这时,他忽然想起去年夏天来这条河边玩时,离下游不远处的河岸边有一棵老树,是斜着长的,其中有一根粗大的树枝正好贴近水面……一想到这,他心里顿时升起了希望。一有了希望,他心也不慌了,力气也出来了,于是就拼命向前挣扎,终于到了那棵老树前。

当他拼命拽住那伸向河中的树枝时,谁知那树枝早已枯死了,经他使劲一拽,"咔嚓"一声断了……这时,来救他的人也赶到了。事后他说,要是早知道那是一节枯枝,他根本坚持不到那儿。

把信带给加西亚

在美西战争期间,美国必须立即跟西班牙的反抗军首领加西亚将军取得联系,而加西亚正在古巴丛林的山里,没有人知道确切的地点,所以无法写信或打电话给他。美国总统必须尽快地获得他的合作。这时,有人说:"有一个叫罗文的人,他有办法找到加西亚。"

当罗文从总统手中接过写给加西亚的信之后,并没有问他在什么地方,怎么去找。他经过千辛万苦,在几个星期后,把信交给了加西亚。

就是这么简单的一个故事,但是,它却流传到世界各地。《把信带给加西亚》的作者这样写道:

"像他这种人,我们应该为他塑造不朽的雕像,放在每一所大学里。年轻人所需要的不是学习书本上的知识,也不是聆听他人种种的指导,而是要加强一种敬业精神,对于上级的托付,立即采取行动,全心全意去完成任务——'把信带给加西亚'。

凡是需要众多人手的企业经营者,有时候都会因为一般人的被动无法或不愿专心去做一件事而大吃一惊,懒懒散散、漠不关心、马马虎虎的做事态度,似乎已经变成常态;除非苦口婆心、威逼利诱地叫属下帮忙,或者除非奇迹出现,上帝派一名助手给他,没有人能把事情办成。

我钦佩的是那些不论老板是否在办公室都努力工作的人;我也敬佩那些能够把信交给加西亚的人,静静地把信拿去,不会提出任何愚笨问题,也不会存心随手把信丢进水沟里,而是不顾一切地把信送到。这种人永远不会被'解雇',也永远不必为了要求加薪而罢工,这种人不论要求任何事物都会获得。他在每个城市、乡镇、村庄,每个办公室、公司、商店、工厂,都会受到欢迎。世界上急需这种人才,这种能够把信带给加西亚的人。"

且慢下手

大多数的同人都很兴奋，因为单位里调来一位新主管，据说是个能人，专门被派来整顿业务。可是日子一天天过去，新主管却毫无作为，每天彬彬有礼进办公室后，便躲在里面难得出门，那些本来紧张得要死的坏分子，现在反而更猖獗了。

"他哪里是个能人嘛！根本是个老好人，比以前的主管更容易唬！"大家纷纷开始议论。

四个月过去，就在大家对新主管感到失望时，新主管却发威了——坏分子一律开除，能人则获得晋升。下手之快，断事之准，与以往保守的他，简直像是全然换个人。

年终聚餐时，新主管在酒过三巡之后致词："相信大家对我新到任期间的表现，和后来的大刀阔斧，一定感到不解，现在听我说个故事，各位就明白了。我有位朋友，买了栋带着大院的房子，他一搬进去，就将那院子全面整顿，杂草树一律清除，改种自己新买的花卉。某日原先的屋主到访，进门大吃一惊地问：'那最名贵的牡丹哪里去了？'我这位朋友才发现，他竟然把牡丹当草给铲了。后来他又买了一栋房子，虽然院子更是杂乱，他却按兵不动，果然冬天以为是杂树的植物，春天里开了繁花；春天以为是野草的，夏天里成了锦簇；半年都没有动静的小树，秋天居然红了叶。直到暮秋，他才真正认清哪些是无用的植物而大力铲除，并使所有珍贵的草木得以保存。"

说到这儿，主管举起杯来："让我敬在座的每一位，因为如果这办公室是个花园，你们就都是其间的珍木，珍木不可能一年到头开花结果，只有经过长期的观察才认得出啊！"

15

说不对的话

　　赵国有一个人大摆筵席,宴请宾客。时近中午,还有几个人未到。他自言自语地说:"该来的怎么还不来? "一听到这话,有些客人心想:"该来的还不来,那么我是不该来了?"于是起身告辞而去。

　　这个人很后悔自己说错了话,连忙解释说:"不该走的怎么走了?"其他的客人心想:"不该走的走了,看来我是该走的!"也纷纷起身告辞而去,最后只剩下,一位多年的好友。

　　好友责怪他说:"你看你,真不会说话,把客人都气走了。"那人辩解说:"我说的不是他们。"好友一听这话,顿时心头火起:"不是他们就是我了!"于是长叹了一口气,也走了。

盲人与灯

　　有一位盲人夜间出门,他提着一盏明晃晃的红灯笼走在暗路上。来往行人见他在灯笼相伴下摸索前行的模样,个个觉得好笑又奇怪。

　　一位路人忍不住上前问道:"大哥您眼睛不好使,还打着这灯笼干啥呢?有用吗您?"

　　"有用,有用,怎么会没用?"盲人大哥认真地回答。

　　"有啥用处呢?说来听听。"这位路人来劲了,不经意间说出一句颇有杀伤力的话:"你又看不见。"

　　这时,四周已经聚集了一些好奇的行人,人们都饶有兴趣地想听一番笑话没想到,这位盲人抛出这么一个回应:"对啊,正因为我看不见你们,我才需要这灯笼给你们这些明眼人提示,怕你们在黑暗中看不见我这个盲人把我撞倒了。"听者无不振聋发聩,个个脑门一亮,心中豁然开朗,大家都被这位盲人的话给折服了。

17

右手比左手大 4%

读小学时，老师们喜欢用"错一个小数点，卫星就不能上天"之类的话发出警告，要我们细心、细心、再细心，尤其在面临大考的时候。这个警告后来演变成我们的口头禅，成了开玩笑、嬉闹时的惯用语。

有一天上课，美术老师偶然听见我们这样说话，很遗憾地摇摇头，说："你们这些孩子，不懂得卫星和小数点的意义，忽视了一个很严肃的道理。"那天恰好学习画人手，老师说："手，看起来不复杂，但我先讲一个故事，之后你们可能就会认真学画了。"

——德国有一家服装厂，每年生产许多手套，都在附近的城市销售，销量一直平稳。有一年，他们得知不远的地方新建了一家专门生产手套的小厂，由于这个小厂业务量不大，对他们似乎没有什么影响，就不太在意。但是，一年后，他们又发现：自己生产的手套在市场上不吃香了，而那个小厂生产的手套几乎占领了 80% 的市场份额……

老师问："你们猜猜，这是为什么？"同学们七嘴八舌地列举了许多理由，老师对其中的部分答案表示肯定，但同时又一再鼓励我们继续猜。10 分钟后，教室里没声音了。老师神秘地笑了，说："手套里有一个微小的数字，决定了它是否更讨人喜欢……"

——原来，那家小厂生产的手套，即使同一双，大小都是不一样的：因为大多数人是右撇子，右手通常比左手大 4%。所以，这种大小不一的手套，戴起来感觉更合适！

"这个 4% 的区别，使小厂获得了 80% 的手套市场份额——听起来是不是很有意思？"

美术老师得意地说："我知道，卫星离你们太遥远，但手套你们总见过吧！记住，以后不要轻易蔑视那些看似细小的事物，它们有时能决定事情的成败！"

穿针心理

心理学家们曾做过这样一个实验:在给小小的缝衣针穿线的时候,你越是全神贯注地努力,线越不容易穿入。在科学界,这种现象被称为"目的颤抖",目的性越强就越不容易成功。

这种现象在生活中并不鲜见。

张师傅是一名杂技演员,脚耍大缸已有多年,可谓驾轻就熟。因为年龄偏大,他决定改行。在告别舞台演出的那天晚上,他把亲戚、朋友都请来观看。然而,正当人们为他精湛的技艺喝彩时,他却"失手"了:因一脚顶偏,偌大的瓷缸重重地砸在他的鼻梁上,他当场昏了过去。

事后有人问他:"凭你的技术,怎么会出此意外?"他说:"那天,心里总是想,这是自己杂技生涯的最后一场演出,而且请了那么多亲戚、朋友来捧场,一定要表演得很出色,千万不能出错。谁知表演时一走神儿,就出事了。"

从表面上看,很多失手都是偶然的,其实却有其必然性。因为人有这样一个弱点:当对某件事情过于重视时,心理就会紧张;而一紧张,往往就会出现心跳加速、精力分散、动作失调等不良反应。很多人在人生的关口失手,心理紧张与焦虑是重要原因之一。

做每一件事,我们都不能保证百分之百的成功。既然如此,我们何不给失败一个心理准备呢?

我的一位朋友在体育大赛中多次获得乒乓球单打冠军,现已进入国家集训队。有乒乓球爱好者向他请教成功的秘诀,出人预料,他竟告之"成功之前先要做好失败的准备"。他进一步解释说,在进入正式比赛前,事先承认不论怎样做,你不可避免会出现这样那样的失误,做好这样的思想准备就可以减少心理压力,从而取得比赛的成功。他还举例说,在一次全国乒乓球大赛中,他和一位国手争夺冠亚军,国手确实厉害,一上场就先赢了他两局,但由于他在进场前就做好了失败的心理准备,所以没有慌乱,完全放开来打,挺住了,最后反倒是他战胜了国手。

在赌场门口经营肠粉

美国西部开发,蜂拥而去的淘金客最后留下"卖水人"三字,成了那些守在重大商机的食物链上,稳守积累微利,步步富裕的人的代名词。

我在澳门见过一家"卖水人",那是毗邻大赌场的一间小小的粥粉面店。它开在一座大厦的底层,只占着其中的一个间隔,有种"寄人篱下"的感觉。门面简单洁净,几乎不事装修,紧挨着大赌场,被大赌场的金碧辉煌衬托得格外寒碜。

从赌场出来的人在"金钱大战"里厮杀得两眼通红,看到这么踏实的生意人家,觉得他们真是呆头呆脑,这样受累有什么意义,赌场里面瞬间就成千上万,仅是一墙之隔,外面竟然有人愿意从12元一碟的肠粉里面获利,简直是天方夜谭!

确实,贴近大赌场,里面大进大出的现金流,惊涛拍岸,几乎破墙而来,这间小店无异于惊涛骇浪里的一叶小舟,不知这掌柜的又如何把持得住?

招牌上写着:芝麻酱肠粉12元,云吞面15元,白灼青菜8元,状元甲第粥10元……客似云来,生意盈门。进出那里的,都是些什么人呢?都是些希望一下子扭转乾坤,却被乾坤扭转了的人,是些赔光了本的赌客,他们通常西装革履,有的就输得剩一顿粥粉以及回程的路费了。

掌柜的是一对中年夫妇,慈眉善目,有种罕见的心平气和,浑然不觉自己处于风口浪尖,两人平凡守望,同心同德,店里再雇了三四个人,间或还有三个念书的孩子手勤脚快地帮忙。从天亮忙到天黑,再至深夜,等客人一一离去,方才打烊关门,守着淡时三五千、旺时不足万元的流水账,他们心满意足。

有一天,夫妇俩还免收一位客人的餐费。

那是一位豪客,前一天傍晚,正是周末,豪客携着巨款从香港过来,独自闯入赌场厮杀,手运奇佳,几个小时下来,居然净赚了2000万,子夜时分,当他带着巨款正要返港,哪知遇上狂风骤雨,往返港澳两地的飞翔船挂牌停航。这位豪客便从码头原路折回,带着口袋里的千军万马重新杀入赌场,结果遭遇滑铁卢,人仰马翻,黎明时分，2000万全部输光不止，还赔进去带来的1000万本钱。

一夜之间，他从富翁变成了穷汉。

"天意，天意啊！"他一边感叹，一边走入这间小店。

夫妇俩热情地接待了他，劝慰一番。他们见过一夜白头的客人，已经习惯沧桑看云。客人的戏剧性遭遇，使他们倍感平凡日子的真实可贵。

可以想象，5年，8年，10年之后，这对掌柜的夫妇一定换了人间。

坐在喧嚣市声里，我时时想起那间小店，小店里的夫妻。

卖水人的"小模小样"、"小打小闹"，也是实事求是所致，因为他们本来就是一群穷人，既未接到祖上留下来的大宗遗产，又没有中彩票的运气，所以，只能脚踏实地，出卖智力或体力，从事服务业。

有人在枪林弹雨中跑过，却安然无恙，这不说明轮到你去跑的时候也可以安然无恙。对于大多数升斗小民来说，侥幸发达是一种心理毒素。

荣华富贵人人都想，但是天上掉下来的馅饼，还是让别人去捡吧。卖水人宁愿等待瓜熟蒂落、水到渠成的幸福。

所以，卖水人的生存法则实际上是"放弃第一，选择第二"。他们选择了一种务实低调的处世方式，不因利小而不为。随着年深月久，循序渐进，光阴的重量渐渐显出来，日积月累，乃万物之道。

这样的选择何尝不是一种坚守？坚守的结果，虽然比不上少部分暴发户，但比大部分淘金客要强。

卖水人其实是另类理想主义者。

给芝麻加上糖

香港是一个商业十分发达的社会,许多人都想赚大钱。但是,能够实现这种富豪梦的,毕竟只是极少数的一部分人,而丁老头就是其中之一。虽说他不算是非常有钱的超级富豪,但也身家丰厚。

但无论财富有多少,也战胜不了衰老。幸好,他的儿子也已经长大成人,顺利从美国一所著名的工商大学毕业,即将接手他所开创的这家公司。如何将自己毕生的经验传授给儿子呢?丁老头陷入了沉思之中。

几天后,丁老头带着儿子离开了公司豪华的办公楼,来到一条破旧的街道。望着儿子迷惑不解的神情,丁老头说道:"你想知道我这几十年来做生意的秘诀吗?"

儿子的眼睛立即露出一道亮光,聚精会神地倾听起来。

这时候,丁老头指着街道旁的一间狭小店铺说道:"这是我开办的第一间商店,从这里渐渐发展成今天这家大企业。"

看着狭小的门面,儿子的脸上露出疑惑的神情。这也难怪,谁会相信,一间如此之小的店面,竟能发展成为一家跨国公司。

"你知道 1 斤芝麻卖多少钱?"丁老头开始问道。

儿子笑着答道:"在香港谁都知道,1 斤芝麻卖 7 块钱啊。"

"那 1 斤糖呢?"

"嗯,最多也只卖到 3 块钱。"

"那 1 斤芝麻加上 1 斤糖,值多少钱呢?"

"这还不简单,1 斤芝麻加上 1 斤糖,正好等于 10 块钱。"

儿子的脸上露出了微笑,他心中的疑惑更深了,为什么父亲会用这样简单的数学题来考自己呢?但丁老头摇摇头说道:"不对。"

丁老头接着说道:"如果你做芝麻糖来卖,1 斤芝麻加上 1 斤糖,就可以卖出 20 块钱。"到这时,儿子才恍然大悟。

一扇不上锁的门

一个刚刚破产、一文不名的年轻人游荡到了另一座城市,饥寒交迫之际便萌生了邪念。他将目光瞄向了紧靠公路的一所民宅。他敲了两下门,没人。正欲破门而入之际,屋子里突然传来一个苍老的声音:"门没闩,自己开门进来吧。"他霎时有些沮丧,只得硬着头皮走进屋里。

"我十分口渴,想找点水喝。"他急中生智地撒谎道。

"好,那你请自便吧。"老人转过脸来笑容可掬地说。

突然间,他看到了老人那双空洞的眼睛——原来他竟是一位盲人!他想,真是老天开眼,第一次行动就遇到了这么绝佳的机会!他一边心不在焉地应和着老人,一边将目光迅速在屋内游移。很快,他发现了掖在枕下的一些钱,慌忙揣进怀里就要往外走。正一脚门里一脚门外之际,老人忽然又开口说话了:"抽屉里有几个苹果待会儿你拿些路上吃吧。"

霎时,这句话竟让他无所适从,不由退回来诧异地问:"老人家,你对我这么信任,难道你不怕我是个坏人?"老人突然呵呵笑了起来:"年轻人,对别人的好坏是不可妄下断语的。可以先假定他是一个好人,即使再坏也不至于无可救药呀!再说,我在这道口都住一辈子了,还从没遇见过坏人呢。"

老人这番毫不设防的信任像一面镜子一下子让他看到了内心的丑恶。他的心灵受到了一次前所未有的震动:别人如此相信我是个好人,我为什么要做坏事呢?他将那些钱重新放回枕下,深深地谢别老人之后,决定返回城里从一名打工仔做起。

因为他对身边的每一位同事都十分信任,所以他不仅赢得了可靠的友情,为自己创造了十分宽松的交际空间,做起工作来总是游刃有余。现在他已荣升为营销总监,成为叱咤风云的商界奇才。

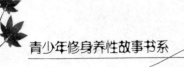

最贵的蛋是"笨蛋"?

在三(1)班里,他的成绩是倒数第一。同学们也常取笑他,说头大不中用。每天放学后值日生搞卫生,他都会主动地留下来帮忙倒垃圾。更绝的是,白天上课,每隔两节课,他就会条件反射地把垃圾桶拿到洗手台前认真洗刷。原先最脏臭的角落,因为阿瓜的负责变成了教室里最醒目的净土。

他总是微笑着,并纯真地看别人以怪异复杂的眼光看自己。

有一次,老师出了一个脑筋急转弯的问题:世界上最贵的蛋是什么蛋?

有人说是金蛋,有人说是原子弹,有人说是脸蛋。这时,阿瓜也举手发言,高兴地说:"是笨蛋,因为大家都叫我笨蛋。"

同学们笑了,老师没有笑,她走过去轻拍阿瓜的脑袋说:"是的,你最贵!"

阿瓜的母亲每天放学后都会骑摩托车到校门口接他。一个冬天下雨的傍晚,在回家的路上,阿瓜看见一位踽踽独行的同学,他知道该同学的家离学校较远,便央求妈妈顺道载那位同学回家。可惜因机车后坐装了个铁篮子,无法再多载一个人而作罢。回家后,妈妈忙着在厨房做饭,却隐隐约约听见门外传来一阵奇怪的声音,出门一看,原来阿瓜正在满头大汗地用老虎钳拆掉铁篮子……

妈妈深深地叹了口气,但眼里却涌出了泪花。

渔夫的命运

有一个贫穷的老渔夫,整天起早贪黑地辛苦劳作,以捕鱼谋生。但是,一天下来,收获不多,总是只能捕到一、两条小鱼。他把鱼拿到市场上去卖,得到的钱也只够养活自己和妻子。

有一次,老渔夫像往常一样去捕鱼,他刚在岸边坐下,不知从哪儿飞来了一只鸟。这不是普通的鸟,而是一只奇怪的、又大又美丽的鸟。人们叫它"加赫卡"。

"加赫卡"蹲在树上,一直看着老渔夫。

过了许久许久,渔夫才捕到一条小鱼。"加赫卡"问渔夫:"老大爷,您拿这条小鱼去做什么?"

渔夫回答说:"我把它拿到市场上去,卖来的钱给我们老两口买粮度日。"

"加赫卡"非常同情老渔夫,对他说:"从今以后,我将在每天傍晚给你送来一条大鱼,它卖得的钱比较多,这样,你们两位老人就可以不再过贫穷、痛苦的生活了。"

老渔夫高兴万分,非常感激"加赫卡"。

从此,"加赫卡"每天飞到渔夫的院子里来,给他带来一条很大很大的鱼。老渔夫把大鱼一块块切好、煎熟,然后拿到市场上去卖,挣得了许多钱。渔夫发了财,再也不愁吃喝了,甚至还有多余的。

有一天,渔夫像往常一样到市场上去卖鱼。这时,来了一个皇帝的传令兵,他大声叫喊着:"谁能告诉我在哪儿可以捉到'加赫卡',他将得到半个国家,还可以娶皇帝的女儿做妻子。"

渔夫从自己的座位站起来,想告诉传令兵,在哪儿可以找到"加赫卡"。但是,转念一想:正是"加赫卡"把自己从饥饿中拯救出来的,千万不能说啊!于是,他又坐了下去。

"要是能得到半个国家,那该多好呵!"渔夫自言自语着,不觉又站了起来。

就这样,站起来,又坐下,约有三四次。

渔夫古怪的行动引起了传令兵的注意。于是,传令兵抓住渔夫,把他带到了皇

帝那儿。

皇帝对渔夫说:"我的眼睛失明了,任何药物都不能使我恢复视力。有个名医告诉我,如果能用'加赫卡'的血涂眼睛的话,就可以治好我的眼病。如果你帮助我捉住'加赫卡',我将把我的国家的一半送给你。"

渔夫没有犹豫就回答说:"'加赫卡'每天傍晚都会飞到我的院子里来并送给我一条大鱼。"

皇帝兴奋地说:"那你就去抓住它!"

"不行,'加赫卡'是只神鸟,力大无比,我一个人对付不了它,如果要抓住它就需要100多个人。"渔夫说。

"我将派给你400个我的仆人,你把他们藏在'加赫卡'常停留的大树周围,他们将帮助你抓住'加赫卡'。"皇帝说。

"不,'加赫卡'是不容易抓住的,必须想个巧妙的办法。让我用好吃的东西诱骗它飞到地上来,这样才能捉住它。"渔夫回答。于是,老渔夫把400个仆人藏在大树四周,在树下的草地上放着各种美味可口的食物,等候"加赫卡"的到来。

过了一会儿,"加赫卡"飞来了。渔夫对它说:"亲爱的'加赫卡',我万分感激你给我带来富裕、幸福的生活,今天,我特备了美味可口的食物答谢你,请你留下来享用吧!"

"加赫卡"心想:老渔夫突然要招待我,他的用意是什么?但又想到这个衰弱的老头儿还能搞什么名堂呢!在渔夫一再请求下,"加赫卡"从树上飞下来,蹲在他身边。

渔夫指着"加赫卡"面前丰盛的食物说:"亲爱的'加赫卡',请你尝尝我亲手为你做的这些东西吧。"但是,当"加赫卡"刚伸嘴从碗中啄食时,渔夫一把抓住它的双脚高声大叫:"快来啊!快来!我抓住它了!"

皇帝的400名仆人应声而起,从四面八方扑向"加赫卡"。

愤怒的"加赫卡"挥动自己强壮有力的翅膀,向高空飞腾。可是,渔夫还是紧紧抓住"加赫卡"的双脚不放,继续大声叫喊:"我抓住了!我抓住了!"有个皇帝的仆人想要阻挡渔夫被"加赫卡"带往高空中去,他跳起来抓住渔夫的脚。第二个仆人见到他的同伙将被带往天空时,也跳起来抱住了同伙的脚。就这样,第三个抱住第二个的脚,第四个抱住第三个的脚,第五个抱住第四个的脚……于是,渔夫和皇帝的400个仆人一个抱住一个,被"加赫卡"带向蓝天,像一串铁链似的悬吊在空中。

这时,渔夫低头往下一看,吓得头昏眼花,浑身瘫软,不觉双手一松,就朝地面跌落下来。于是,所有的仆人跟着渔夫坠落在一片大岩石上,全都粉身碎骨,受到了应得的惩罚。

高度与门

有一天动物园管理员们发现袋鼠从笼子里跑出来了,于是开会讨论,一致认为是笼子的高度过低。

所以它们决定将笼子的高度由原来的 10 公尺加高到 20 公尺。

结果第二天他们发现袋鼠还是跑到外面来,所以他们又决定再将高度加高到 30 公尺。

没想到隔天居然又看到袋鼠全跑到外面,于是管理员们大为紧张,决定一不做二不休,将笼子的高度加高到 100 公尺。

一天长颈鹿和几只袋鼠们在闲聊,"你们看,这些人会不会再继续加高你们的笼子?"长颈鹿问。

"很难说。"袋鼠说:"如果他们再继续忘记关门的话!"

让出住房的侍者

一天夜里，已经很晚了，一对年老的夫妻走进一家旅馆，他们想要一个房间。前台侍者回答说："对不起，我们旅馆已经客满了，一间空房也没有剩下。"看着这对老人疲惫的神情，侍者又说："但是，让我来想想办法……"

这个好心的侍者富有人性和爱心，他当然不忍心深夜让这对老人出门另找住宿。而且在这样一个小城，恐怕其他的旅店也早已客满打烊了，这对疲惫不堪的老人岂不会在深夜流落街头？于是好心的侍者将这对老人引领到一个房间，说："也许它不是最好的，但现在我只能做到这样了。"老人见眼前其实是一间整洁又干净的屋子，就愉快地住了下来。

第二天，当他们来到前台结账时，侍者却对他们说："不用了，因为我只不过是把自己的屋子借给你们住了一晚——祝你们旅途愉快！"原来如此。侍者自己一晚没睡，他就在前台值了一个通宵的夜班。两位老人十分感动。老头儿说："孩子，你是我见到过的最好的旅店经营人。你会得到报答的。"侍者笑了笑，说这算不了什么。他送老人出了门，转身接着忙自己的事，把这件事情忘了个一干二净。没想到有一天，侍者接到了一封信函，打开看，里面有一张去纽约的单程机票并有简短附言，聘请他去做另一份工作。他乘飞机来到纽约，按信中所标明的路线来到一个地方，抬眼一看，一座金碧辉煌的大酒店耸立在他的眼前。原来，几个月前的那个深夜，他接待的是一个有着亿万资产的富翁和他的妻子。富翁为这个侍者买下了一座大酒店，深信他会经营管理好这个大酒店。这就是全球赫赫有名的希尔顿饭店首任经理的传奇故事。

猴子的试验

美国加利福尼亚大学的学者做了这样一个实验：把六只猴子分别关在三间空房子里，每间两只，房子里分别放着一定数量的食物，但放的位置高度不一样。第一间房子的食物就放在地上，第二间房子的食物分别从易到难悬挂在不同高度的适当位置上，第三间房子的食物悬挂在房顶。数日后，他们发现第一间房子的猴子一死一伤，伤的缺了耳朵断了腿，奄奄一息。第三间房子的猴子也死了。只有第二间房子的猴子活得好好的。

究其原因，第一间房子的两只猴子一进房间就看到了地上的食物，于是，为了争夺唾手可得的食物而大动干戈，结果伤的伤，死的死。第三间房子的猴子虽做了努力，但因食物太高，难度过大，够不着，被活活饿死了。只有第二间房子的两只猴子先是各自凭着自己的本能蹦跳取食，最后，随着悬挂食物高度的增加，难度增大，两只猴子只有协作才能取得食物，于是，一只猴子托起另一只猴子跳起取食。这样，每天都能取得够吃的食物，很好的活了下来。

我是陈阿土

陈阿土是台湾的农民,从来没有出过远门。攒了半辈子的钱,终于参加一个旅游团出了国。国外的一切都是非常新鲜的,关键是,陈阿土参加的是豪华团,一个人住一个标准间。这让他新奇不已。早晨,服务生来敲门送早餐时大声说道:"Goodmorning!"陈阿土愣住了。这是什么意思呢?在自己的家乡,一般陌生人见面都会问:"您贵姓?"于是陈阿土大声叫道:"我叫陈阿土!"如是这般,连着三天,都是那个服务生来敲门,每天都大声说:"Good morning Sir!"而陈阿土亦大声回道:"我叫陈阿土!"但他非常的生气。这个服务生也太笨了,天天问自己叫什么,告诉他又记不住,很烦的。终于他忍不住去问导游,"Goodmorning Sir"是什么意思,导游告诉他。天啊!真是丢脸死了。陈阿土反复练习"Goodmorning Sir"这个词,以便能体面地应对服务生。又一天的早晨,服务生照常来敲门,门一开,陈阿土就大声叫道:"Goodmorning Sir!"与此同时,服务生叫道:"我是陈阿土!"

老鹰之绝唱

　　很多年前，有一只威严的老鹰，独自一个居住在一座直冲云霄的山崖上。有一天，它觉得自己死期已近，就大喊一声，把住在山岭较低处的儿子们召唤前来。当它们来齐后，它一个接一个地看了它们一番，然后说道：

　　"我已经抚育了你们，将你们拉扯大，使你们能够直视日光，直冲蓝天，会应对各种艰难的险阻。你们兄弟中那些面孔不能忍受日光辐射的，我就让它们饿死了。为了这个原因，你们理应比所有别的鸟都飞得更高。那些还想活命的，是不会袭击你们的鹰巢的，所有的动物都将畏惧你们，你们千万别去伤害那些尊敬你们的动物，你们应该允许它们分享你们吃剩的残羹。

　　现在我就要离开你们了。但我不会死在我的巢里，我将飞得非常高，远到我的翅膀能够带我去得到的高空，我将展翅高飞向太阳道别，让猛烈的日光烧掉我老了的羽毛。然后我将向大地直落下来，掉进大海。

　　但是总有一天，我会再从海中飞起来，开始我另一段生命旅程，背着一个新使命重回高天。记住，孩子们，这才是我们鹰的命运。"

　　说着这番话，老鹰飞上天空，它庄严威武地围绕着它儿子站立的高山飞翔，跟着，它突然拧转身子，向那烧掉它老迈疲倦的翅膀的炎阳飞去。

决斗的意义

一个魔鬼来到一个村庄。他看见这个村庄富饶丰裕,就住下来,每天偷鸡摸狗,害得大家不得安宁。村长华来决心找魔鬼决斗,为村民除害。

有一天,华来在草原上走,寻找魔鬼。迎面碰到一个人,他们互相问好后,对方问:"你往哪里去?"

"我去寻找魔鬼。"村长回答。

"为了什么?"对方问。

"我想除掉它,解救村民。"村长答道。

这时对方说:"我就是魔鬼。"

村长一听,就向它冲过去,双方打了起来。华来终于战胜了魔鬼,把它打倒在地,接着拔出短刀,准备下手。但魔鬼止住了他,说:"村长,且慢下手,你可以杀死我,但先听我说几句话。"

"说吧。"村长说。

"你杀死我没有一点好处,"魔鬼说,"如果你饶了我,你就有好处。"

"有什么好处?"村长华来问。

"你让我活命,我保证每天早晨在你枕头下放 20 卢比:这样,一直到你生命的最后一天。"魔鬼说。

村长华来一听到这话,就马上动摇了,想:我打死它,真的有什么好处?它又不是世界上唯一的魔鬼,魔鬼有千千万万。我饶了它的命,每天就可以得到 20 卢比!于是,华来同魔鬼订了协议,放走魔鬼。

第二天早晨,华来发现枕头底下真的有 20 卢比。村长心里大喜。

这样,持续了一个星期,村长对谁也没有说过这件事。

有一天早晨,村长醒了,手伸到枕头下摸钱,但没有一个钱。村长感到纳闷,心想,大概是魔鬼忘记了,明天它一定会放好两天的钱的。

但是,第二天枕头底下还是没有钱。华来又等了一天,还是没有钱。这时村长冒火了,就出去寻找魔鬼。

在同一草原上的同一地方,他们又相遇了。

"喂,骗子!"村长对魔鬼说,"你是怎么对待我的?"

"我得罪了你什么?"魔鬼问。

"你保证每天给我 20 卢比,起先我倒是每天收到的,可是现在,我已连续几天没收到钱了。"

"村长啊,"魔鬼回答说,"我一连几天给你钱,后来不给了,你不满意的话,我们再来决斗。"

村长华来相信自己的力量,因为已战胜过魔鬼一次。这一次,魔鬼举起村长,摔在地上,并且坐在他的胸上,拿出短刀,准备下手。

这时,村长说:"魔鬼,你可以杀死我,但请允许我提一个问题。"

"提吧。"魔鬼答应了。

"一个星期之前,我们碰面后进行了较量,我胜了你,为什么现在我们两个都毫无变化,你却战胜了我?"

"原因是第一次你是为了正义的事业同我决斗的。而这一次,你找我是为了要钱,为了个人复仇,所以我轻易地战胜了你。"

大师的鞋带

有一位表演大师上场前,他的弟子告诉他鞋带松了。

大师点头致谢,蹲下来仔细系好。等到弟子转身后,又蹲下来将鞋带解松。

有个旁观者看到了这一切,不解地问:"大师,您为什么又要将鞋带解松呢?"

大师回答道:"因为我饰演的是一位劳累的旅者,长途跋涉让他的鞋带松开,可以通过这个细节表现他的劳累,憔悴。"

"那你为什么不直接告诉你的弟子呢?"

"他能细心地发现我的鞋带松了,并且热心地告诉我,我一定要保护他这种热情的积极性,及时地给他鼓励,至于为什么要将鞋带解开,将来会有更多的机会教他表演,可以下一次再说啊。"

蚂蚁与蝉

一阵秋风过后,天上下起了哗哗的秋雨。随着秋雨的飘洒,绿色的树叶、青青的小草,都被洗成了黄色。

太阳出来了,蚂蚁兄弟们便忙了起来。他们先来到树下,将树上落下的果子用刀切成小块,然后整整齐齐地摆在树下,晒成干,最后一点点地运回到自己的家中。

此时,草籽都已成熟,在草下铺了一层,这是多么好的食物啊,只要收起来,运回家里,随时都可以吃。

啊,蚂蚁家的粮仓真大啊!那里存了许许多多好吃的东西。

但蚂蚁兄弟仍然四处去寻找食物,让自己的粮仓满些,再满些。

汗水沿着蚂蚁兄弟们的脸往下淌,他们的衣服都被汗水浸透了,但它们还不休息。

这时,优哉一夏天的蝉飞了过来。他看到蚂蚁累得那副模样,便对它们说:"蚂蚁兄弟,又在忙碌啊!看看我,你们什么时候才能与我一样潇洒呢!夏天我唱歌,秋天我还唱歌。"

说着,蝉飞到蚂蚁的身边,抬起脚展开翅膀,多美的一个舞姿,它自己欣赏着。但忙碌的蚂蚁兄弟却没有听到蝉的讲话。

在整个夏天,蝉悦耳的声音如阳光一般洒在林地的每个角落。

秋天一过去,冬天就来了。

漫天的大雪将一切都掩盖了。好冷的天啊!树枝被冻得发出响声,大地被冻得裂出缝隙。

天冻了,地冻了,一切都冻了。

这一天,冬天的太阳升上了天空。太阳将无限的金光洒在雪地上,远远看去宛如一片金色的海。

冬天里也会有欢乐的日子。蚂蚁兄弟抓住这大好时机,运出粮仓里有些受潮的

粮食,仔细地晾晒着。

　　这时,秋天曾见到蚂蚁兄弟运粮的那只蝉飞了过来。

　　再看这只蝉,它不是秋天时那么精神了,翅膀软了,脚没有力气了。原来它已经好多天没有东西吃了。但它仍快乐地对蚂蚁兄弟说:"好兄弟们,马上我就要和你们告别了,我活不过冬天,也就不会看到春光的来临!啊!春天是多么美好啊!"

　　蚂蚁兄弟们对它说:"你为什么不在夏天存点粮食呢?"

　　蝉回答说:"我的职责是唱歌,我们蝉是为唱歌而生的。"

　　"那你为什么不在秋天存粮呢?"

　　"即使到死,我也不能放弃我神圣的职责,我也不能让其他事来占用我唱歌的时间。"

　　蚂蚁兄弟们若有所思地说:"我们生来就有不同的追求啊!"

　　蝉不久就死了,蚂蚁们为它修了一个墓。

被污染的文字

　　格德约是加拿大一家公司的普通职员。有一天,他在办公室里不小心碰翻一个瓶子,瓶子里装的液体泼在一份正待复印的重要文件上。格德约十分着急,心想这一下闯祸了,文件上被污染的文字不可能再看清了!他拿起文件来仔细察看,结果既出乎意料,又令人高兴。文件上被液体污染的部分,其字迹竟依然清晰。当他拿去复印时,又一个意外情况出现在他眼前:复印出来的文件,被液体污染过而字迹依然清晰的那个部分,竟又变成了一块块漆黑一团的黑斑。这使他由喜转忧。在他为如何消除文件上的黑斑绞尽脑汁却又一筹莫展的时候,他头脑里突然冒出一个针对"液体"和"黑斑"的倒过来的念头:自从有了复印机,人们不是常在为怎样防止文件被盗印的事发愁吗?是不是可以以这种"液体"为基础,颠倒一下,化不利作用为有利作用,研制出一种特殊的能防止盗印文件的特殊的液体来呢?

　　他念头一出,就立志研究。经过一段时间的努力,他最后推向市场的不是一种液体,而是一种深红色的防影印纸。这种纸能吸收复印机里的灯光,使复印出来的文件一片漆黑,什么也看不清,因而用这种纸书写的文件是不能复印的。但是用这种纸写字或打印,却不受任何影响。1983年格德约在蒙特利尔市开办了一家名叫"加拿大无拷贝国际公司"的企业,专门生产这种防影印纸。尽管这种纸的价格昂贵,但销路却很好。

表演杂技

有一位顶尖级的杂技高手,一次,他参加了一个极具挑战的演出,这次演出的主题是在两座山之间的悬崖上架一条钢丝,而他的表演节目是从钢丝的这边走到另一边。杂技高手走到悬在山上钢丝的一头,然后注视着前方的目标,并伸开双臂,慢慢地挪动着步子,终于顺利地走了过去。这时,整座山响起了热烈的掌声和欢呼声。

"我要再表演一次,这次我要绑住我的双手走到另一边,你们相信我可以做到吗?"杂技高手对所有的人说。我们知道走钢丝靠的是双手的平衡,而他竟然要把双手绑上。但是,因为大家都想知道结果,所以都说:"我们相信你的,你是最棒的!"杂技高手真的用绳子绑住了双手,然后用同样的方式一步、两步终于又走了过去。"太棒了,太不可思议了!"所有的人都报以热烈的掌声。但没想到的是杂技高手又对所有的人说:"我再表演一次,这次我同样绑住双手然后把眼睛蒙上,你们相信我可以走过去吗?"所有的人都说:"我们相信你!你是最棒的!你一定可以做到的!"

杂技高手从身上拿出一块黑布蒙住了眼睛用脚慢慢地摸索到钢丝,然后一步一步地往前走,所有的人都屏住呼吸为他捏一把汗。终于,他走过去了!表演好像还没有结束,只见杂技高手从人群中找到一个孩子,然后对所有的人说:"这是我的儿子,我要把他放到我的肩膀上,我同样还是绑住双手蒙住眼睛走到钢丝的另一边,你们相信我吗?"所有的人都:"我们相信你!你是最棒的!你一定可以走过去的!"

"真的相信我吗?"杂技高手问道。

"相信你!真的相信你!"所有的人都说。

"我再问一次,你们真的相信我吗?"

"相信!绝对相信你!你是最棒的!"所有的人都大声回答。

"那好,既然你们都相信我,那我把我的儿子放下来,换上你们的孩子,有愿意的吗?"杂技高手说。

这时,整座山上鸦雀无声,再也没有人敢说相信了。

船工的机智

从前,有一个船老板,非常贪婪、小气。甚至付给船工的工资,也要骗取过来。沿伊洛瓦底江上下来回一次,航程要两、三个月。在整个旅途中,船老板供给船工伙食,实际工资要到航程结束的时候才付给,所以工资相当多。每次航程到最后一天,船老板就耍花招或挑动船工和他打赌。船工中容易上当受骗的人往往工资被他骗得精光。

有一次航行,到最后一天,船队停泊在一个村庄旁。一月的河水还像冰一样寒彻骨髓。

船老板说:"我想跟你们当中的硬汉子打个赌,假使他能够不穿衣服而能在水里待一整夜,我就把这个船队作为赌注输给他。条件是不能以任何方式取暖,如果输了,你们将没有工资。怎么样?有人敢站出来吗?"

所有的船工都是体格强壮的硬汉子。在通常情况下,他们会很乐意地同意打赌的。但是,他们事先已得到告诫,知道他们的老板鬼点子多,因此许多人不跟他赌。

然而,有一个船工,是一个固执的人,他自认为比船老板更狡猾,同意打赌。这个船工脱掉衣服,跳下了水。因为气温低,冷得牙齿格格发响,身体也冻得直哆嗦。但是,他坚持着,留在水里。好几个小时过去,天已接近黎明。这时候,正如船老板预料的,河对岸已有几个渔夫起身,在草屋前点着一个火堆,暖和暖和身体,以便天亮时出去捕鱼。船老板瞧着不吭声。隔了一会儿,他大声叫道:"船工,你作弊了。你正在利用河对岸的火暖身。你破坏打赌规矩,你输了。"

"火堆在河对岸,"船工愤怒地答道:"1里外的火光,我怎么能得到一点暖气?"

"火就是火,"船老板回答说,"只要看得见,火光就给你暖气了。你因为破坏规矩,打赌输了。"

"好吧!"船工回答道,不再提出任何异议。

船工上船,穿好衣服同其他船工坐在一起。"你们也许认为,"他说,"我输掉了

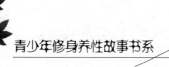

工资,是一个傻瓜。虽然我在有些事情上是一个笨蛋,但是烤猪肉我是能手,谁也比不上。甚至我们聪明的船老板也不懂得怎样烤好猪蹄子。"

船老板因为他用想出来的花招赢了船工,正在自鸣得意。现在,就是这个船工居然说他蠢得不会烤猪蹄子,他可受不了。"我才赢了你的工钱,"他带着赢家的那种傲慢口气说,"可你却说我不懂得如何烤猪蹄子。"

"你也许会烤其他牲畜的肉,"船工答道,"不过,老板,我肯定你不懂怎样烤猪蹄。"

船老板气愤地斥道:"废话,我岂会不懂怎样烤猪蹄?我可以跟你打赌。"

船工答道:"我有几只猪蹄,是昨天从一艘食品船上买的,可以给你拿去烤。如果你能把这几只猪蹄烤好,我情愿在7年内像奴隶般地伺候你。但是,如果你烤不好,你得把所有的船都给我。这是一个公平的打赌。假使你认为你真的能烤猪蹄,你得同意打赌。"

船老板说:"我同意。"

船工把猪蹄取来后说:"这几只猪蹄给你,去烤吧。"

船老板问:"火在哪里?"

船工惬意地答道:"河对岸有一堆火。"

船老板气愤地说:"可是有1里路远呐!"

船工答道:."火就是火,你不是说过吗?既然这堆火能给我暖热,那当然该灼热得让你可以烤猪蹄了。现在,我知道你是不懂怎样烤猪蹄了。所以,打赌我赢了,全部的船都是我的了!"船老板不认输,把事情告到了法院。不用说,审判官的判决是支持船工的。

盲人的希望

一位年轻的盲人,弹得一手好三弦琴。由于看不见光明,他一生的最大愿望就是能够在有生之年,能够睁开眼睛看看这个五彩缤纷的世界。

他一边弹着三弦,一边遍访天下名医,但是没有一个人跟他说过有办法治好他的眼睛。

有一天,他遇到一个道士,像以往他遇到的许多人一样,他向这个道士询问治疗眼睛的办法。

道士对他说:"我这里正好有一个能治好眼睛的药方。但是,我这个方逢'千'才能见效,你是弹三弦的,那从现在开始,你得弹断一千根弦才能打开它,否则这只是一张白纸。"

这位年轻琴师带了一位也是双目失明的小徒弟开始云游四方,尽心尽意地以弹唱为生,一直十分小心地计算着到底弹断了多少根弦。

一天又一天,一年又一年,光阴似箭,日月如梭,在他弹断了第一千根弦的时候,这位已经变为老师的琴师迫不及待地将那张永远藏在怀里的药方拿了出来,去请眼睛好的识字人看看上面写着的是什么药方……

明眼人接过药方看了又看,什么也没有发现,只好对他说:"这是一张白纸,上面什么也没有。"

琴师听了,潸然泪下——

他突然明白了老道士"弹断一千根弦"的意义:这是给他一个"希望",这个希望支持他尽情地弹下去,他就这样轻轻松松地整整弹了53年的时光。

这位老人对自己的徒弟说自己重见光了,然后,他把这张白纸郑重其事地交给了他那也是渴望能够看见光明的弟子。

他拍着徒弟的肩膀说:"我这里有一张保证能够治好眼睛的药方,不过,你得弹断一千根弦才能打开这张纸。现在你可以去收徒弟了。去吧,去游走四方,尽情地弹唱,直到那第一千根琴弦断光,就有了答案。"

重题"天下第一关"

　　明朝万历年间,中国北方的女真为患。皇帝为了要抗御强敌,决心整修万里长城。当时号称天下第一关的山海关,却早已年久失修,其中"天下第一关"的题字中的"一"字,已经脱落多时。万历皇帝募集各地书法名家,希望恢复山海关的本来面貌。各地名士闻讯,纷纷前来挥毫,但是依旧没有一人的字能够表达天下第一关的原味。皇帝于是再下诏,只要能够中选的,就能够获得最大的重赏。经过严格的筛选,最后中选的,竟是山海关旁一家客栈的店小二,真是跌破大家的眼镜。

　　在题字当天,会场被挤得水泄不通,官家也早就备妥了笔墨纸砚,等候店小二前来挥毫。只见主角抬头看着山海关的牌楼,舍弃了狼豪大笔不用,拿起一块抹布往砚台里一沾,大喝一声:"一!"动作十分干净利落,立刻出现绝妙的一字。旁观者莫不给予惊叹的掌声。有人好奇地问他为何能够如此成功的秘诀。他被问之后,久久无法回答。后来勉强答道:"其实,我想不出有什么秘诀,我只是在这里当了30多年的店小二,每当我在擦桌子时,我就望着牌楼上的"一"字,一挥一擦就这样而已。"

　　原来这位店小二,他的工作地点,正好面对山海关的城门,每当他弯下腰,拿起抹布清理桌上的油污之际,刚好这个视角,正对准"天下第一关"的"一"字。因此,他不由自主地天天看、天天擦,数十年如一日,久而久之,就熟能生巧、巧而精通,这就是他能够把这个"一"字,能够临摹到炉火纯青、惟妙惟肖的原因。

换一条路走

迈克在求学方面一直遭遇挫折,高中未毕业时,校长对她的母亲说:"迈克或许并不适合读书,他的理解能力差得叫人无法接受,他甚至弄不懂两位数以上的计算。"他的母亲很伤心,决定自己教他。然而,无论迈克如何努力,他也记不住那些需要记忆的东西。迈克很伤心,他决定远走他乡……

许多年后,市政府为了纪念一位名人,决定公开征求设计名人雕像的雕塑师,众多雕塑大师纷纷献上自己的作品,最终一位远道而来的雕塑师被选中。开幕式上,他说:"我想把这座雕塑献给我的母亲,因为,我读书时没有获得她期望中的成功,现在我要告诉她,大学里没有我的位置,但生活中总会有我的一个位置。"这个人就是迈克。人群中迈克的母亲喜极而泣,她知道迈克并不笨,当年只是没有把他放对位置而已。

插向自己的刀

一家公司招聘职员,最后要从三位应聘人员中选出两个。

他们给出的题目是这样的:假如你们三个人一起去沙漠探险,在返回的路途中,车子抛锚了,你们还有很多的路要走,可是你们三个人只能从七样东西中选择四样随身带着。你会选什么?这七样东西分别是:镜子、刀、帐篷、水、火柴、绳子、指南针。而其中帐篷只能住两个人,水也只有一瓶矿泉水。

甲男说:"害人之心不可有,防人之心不可无。这帐篷只够两个人睡,水只有一瓶,万一要争起来,女孩子我可以让着点,这男的,要是为了争夺生存机会想害我呢?所以,我把刀拿到手,也就等于把所有主动权控制在了手中。"

乙女和丙男选的四样物品相同:水、帐篷、火柴、绳子。

乙女解释说:"镜子在沙漠里没什么用,就不要了;指南针呢,只要有手表也就行了;刀不必要,在这茫茫的沙漠上,没有一点活物,更别说是对人具有攻击性的动物了;而水是必需品,虽然只够两个人喝,但可以省着点,相信也能够三个人一起坚持到最后;帐篷虽然只能容纳两个人睡,但是可以三个人轮换着来休息;火柴也是路上必不可少的;而绳子可以用来把三个人绑在一起,这样在风沙很大目不见物的时候,就不会失散了队伍,而且如果遇到沙崩,有同伴掉到沙堆底下,还可以用绳子把他拉回来。"丙男给出的解释与乙女相同。

最后,三位候选人中获聘的是乙女和丙男两位。

你还有多少秒

一位朋友经常会讲起这老师给他上的这堂课：

老师说："人的一生如活 80 岁，就由 2522880000 的 10 位数组成。你知道在这 10 位数中提取了几位数吗？"

我是一个有些自负的人，在第一次参加的成功训练中，有一个课程是"认识自己"。老师说："我们很多的人知道这个世界，却唯独不认识自己……"我当即举手，说："老师，我认识我自己，我知道我想什么，要什么。"老师笑眯眯地看着我说："你叫什么名字？""李艺林！"我答。"你多大年纪？""5 岁(你别笑，训练中讲师要求我们放松自己，放开身上所有的包袱，解除满身的束缚，回到天真的童年——5 岁年代)。"我答。老师又轻轻地笑了："很好！那么你的血型？""O 型。"我答。"O 型血型有什么特质？"我答不上来了。老师又再次轻声笑着，示意我坐下，对全场几百人说："你不知道了，所以人并不真正了解自己……现在，我们做一个游戏——照镜子。"

照镜子的游戏是每人找一个搭档，面对面，你当他的"镜子"，他当你的"镜子"。上半部让我们真的像 5 岁小孩，一人做各种怪动作，另一人就模仿，每个人笑得很开心；余下来便甲乙两个站好，互相找优点、缺点，以找优点为主，赞美对方，每个人也觉得很好玩，仍是笑；可到下半部，当在音乐、灯光和老师的引导下，闭着眼睛，每人脑子里都放了一次"电影"，找回了自己过去的种种不足，甚至开始忏悔以往的过错和罪责，眼睛里便闪动着泪花、脸上便流淌着泪珠。我也哭了。我这一次是在没有任何生理痛苦和心理苦楚时哭的。

奇怪吗？

使我泪流不止的原因是，在闭着眼睛的过程中，我听老师给我们仔细地算了这样一笔账。老师说，这账其实是作家谢冰心 80 岁生日那天算的。他说：

$80 \times 365 = 29000$；

$29000 \times 24 = 700800$；

700800×60=42048000；

　　42048000×60=2522880000。

　　老师说："人的一生如活80岁，就由这10位数的秒组成，而现在你已经提取了许多时日，在你生命库存中也许只剩下9位数、8位数，甚至更少！我不敢断定你是否功成名就，但我敢说，在这里的每一位没有像作家这样给自己算过账，没有哪一位能准确无误地把自己过了几位数说出来，也就是说，没有人真正认识自己；我还敢说，在这里的每一位，年龄最小的也有20多岁，所以，你剩下的时间并不多，而你要做的事却多得数也数不清……我们的很多人在买菜的时候，在消费的时候，在经营店铺的时候，把账算得很细，几元几角几分，可人生也是经营，为什么我们不认真的算一算人生这笔账呢？"

　　那一年，我正在而立之年，如按"谢冰心原理"80岁计算的话，我应该是活了10950天、946080000秒！而具体到我那天的时间10月14日，在10950天里，还要加上314天。这个时候，我心里非常恐惧，因为我发现我的生命的时日已提取了将近一半，而已提取的那将近一半是浑浑噩噩而过的，简直就是浪费！如那种浪费可以判刑的话，我愿坐穿牢底来洗刷自己的罪过。可是，这不能，我只能努力使自己剩下的18050天不要浪费，立一个"把每一天当作生命中的最后一天"的誓言。

锁定目标

有一位父亲带着他的 3 个孩子,到沙漠里去猎杀骆驼。

他们到达了目的地。父亲首先问老大:"你看到了什么呢?"

老大回答:"我看到了猎枪、骆驼,还有一望无际的沙漠。"父亲摇摇头说:"不对。"父亲以相同的问题问老二。

老二回答:"我看到了爸爸、大哥、弟弟、猎枪、骆驼,还有一望无际的大沙漠。"父亲又摇摇头说:"不对。"父亲又以相同问题问老三。

老三回答:"我只看到了骆驼。"父亲高兴地点点头说:"答对了。"

买房子

有一个警察，叫罗伊，在他的日常巡逻中，他总是习惯性地去拜访一位住在一座令人神往的、占地 500 平方米建筑中的老绅士。从那栋建筑物往外望就是一座山谷，老人在那儿度过大半生，他非常喜欢那儿的视野，可以看到葱葱郁郁的树林和清澈的河流。

罗伊每周都会拜访老人一次或两次。当他来访时，老人都会请他喝茶，他们坐着闲聊，或者就在花园里散一会儿步。有一次的会面令人悲伤。老人泪流满面地告诉警察，他的健康状况已经很差，他必须卖掉他漂亮的房子，搬到疗养院去。

罗伊忽然产生一个疯狂的念头，希望能够用一种创造性方法买下这巨宅。

老人想将这栋没有设抵押的房子卖 30 万美元，而罗伊只有 3000 美元。当时每月要付 500 美元房租，警员待遇还算过得去，但对老人和这名充满希望的警察而言，想要找个主意好让他们成交似乎很难，除非将爱的力量也算进账户里。

罗伊想起一个老师说的话——找出卖方真正想要的东西给他。他寻思许久，终于找到答案。老人最牵挂的事就将是不能再在花园中散步了。

罗伊说："要是你把房子卖给我，我保证会在每个月一两次接你回到你的花园，坐在这儿，和我一起散步，就像往日一样。"

老人微笑了，笑中充满爱与惊异。老人要罗伊写下他认为公平的条件让他签署。罗伊愿意付出他所有的钱。原来的卖价要 30 万美元，而罗伊的现金只有 3000 美元。卖方将 297000 美元设定第一顺位抵押权，每月付 500 美元利息。老人很快乐，他还送罗伊礼物，把整个屋子的古董家具都给他，包括一架孩子玩的大钢琴。

罗伊不可思议地赢得经济上的胜利，真正的赢家却是快乐的老人和他们之间的亲密关系。

换位思考

英国的蒙哥马利将军在第三次世界大战中，每当战斗开始，他总是要把敌军统帅的照片放在自己的办公桌上。他说，他看着对手的照片就会经常问自己：如果我处在他的位置上，现在我会做什么？他认为，这对他做到知己知彼大有好处。

第二次世界大战末期，苏军突击部队抵达近柏林不远的奥得河时，出现了与后继部队脱节、人员和物资供应不上的危急情况。这时，朱可夫对他的坦克集团军司令卡图科夫说："假如你是德军柏林城防司令官古德里安，手中拥有 23 个师，其中有 7 个坦克师和摩托化师，朱可夫现已兵临城下，而后继部队还在离柏林 150 公里之外，在这种态势下，你会怎么行动？"卡图科夫回答说："那我就用坦克部队从北面攻打，切断你的进攻部队。"朱可夫听后连说："对啊！对啊！这是古德里安唯一的好机会。"于是，他命令第一坦克集团军火速北上，果然一举歼灭实施侧翼反击的德军，保证了柏林战役的胜利。

不同的区别

从前,有一只青蛙住在京都。

"京都真是好地方啊!"京都青蛙说,"可是,据说大阪那地方又大又繁荣,真想到大阪去玩一趟。对了,好事快做,我得趁着年轻力壮,赶快行动。"说着,京都的青蛙背起饭盒,向大阪开始了它的旅行。

在大阪也住着一只青蛙。有一天,这青蛙说:"大阪真是个既热闹又繁荣的地方啊!不过,据说京都是个古都,是一个非常漂亮的地方,真想到京都去玩一趟。对了,说走就走,我得马上上路。"说完,它准备好饭盒,然后,把饭盒挂在脖子上,朝京都方向开始了它的旅行。

在京都和大阪之间有一座高山。京都的青蛙和大阪的青蛙就分别从北边和南边攀登这座高山。要是不翻越这座高山的话,就无法到京都和大阪去。"观赏大阪多么快活啊!"京都的青蛙一个劲儿地攀登着说。

"啊,观赏京都多么快活啊!"大阪的青蛙也一个劲儿地攀登着说。

它们正从两个不同的方向紧张地攀登着。于是,两只青蛙很自然地在山顶上碰头了。

"你好,你好!"

"呀,你好,你好!"

两只青蛙热情地打着招呼。

"你拿着饭盒上哪儿去啊?"

"我来自京都,听说大阪很好玩,想去见识一下。你拿着饭盒到哪儿去啊?"

"呀,不瞒你说,我是大阪的,我想到京都走一趟。"

"啊,是吗?辛苦,辛苦。"

"噢,彼此,彼此。"

两只青蛙这么说着。

"那么,就让我在山上眺望一下大阪吧!"京都的青蛙说。

"那么,也让我在山上眺望一下京都吧!"大阪的青蛙说。

于是,两只青蛙踮起脚尖,仔细地眺望着远处的城市。

"怎么,原来大阪是个和京都一模一样的地方啊!嗨,早知道这样,又何必特地赶来逛呢。"

京都的青蛙刚说完,大阪的青蛙也叫了起来:

"哎,怎么搞的,原来京都是个和大阪一模一样的地方啊!嗨,早知如此,又何必特地赶来逛呢。"

因为它俩都踮起了脚尖,所以长在它们脑袋瓜上的眼睛,就都各自望着自己原来居住的城市。

这时,两只青蛙肚子饿了,它们在山上打开带来的饭盒,匆匆地吃完以后就说:"既然如此,我们就回去吧!"

于是,两只青蛙便各自朝着自己的家乡走去。

从这以后,京都的青蛙一直到老都这样给大家讲:"大阪原来是个和京都一模一样的地方啊!"

大阪的青蛙呢,也是一直到老都这样给大家讲:"京都原来是个和大阪一模一样的地方啊!"

自从那以后,大阪的青蛙从不去京都,京都的青蛙也从不去大阪。

市场买货

张三和李四是一对要好的朋友,两个人平时没事就相约闲逛,溜溜古玩市场,顺便淘点宝贝。这次他们去了一座古城。到了目的地后,李四在客栈里喝茶看书,张三到街上闲逛,他看到路边有一个老妇人在卖一只玩具猫。

老妇人对他说,这只玩具猫是祖传宝物,因为儿子病重无钱医治,不得已才将它卖掉。张三随手拿起玩具猫,发现猫身很重,似乎是用黑铁铸就的。猛然间,张三发现,那一对猫眼是用珍珠做成的,他为自己的发现欣喜若狂,赶紧问老妇人这只玩具猫要卖多少钱。老妇人说,因为要为儿子医病,所以300元便卖。

张三说:"那么我就出100元买这两只猫眼吧?"

老妇人在心里合计了一下,认为也比较合适,就答应了。张三回到旅店,兴奋地对李四说:"我仅仅花了100元就买下了2颗大珍珠,真是不可思议。"

李四发现2只猫眼的的确确是罕见的大珍珠,便询问事情的经过。听完张三的讲述,李四立即放下手中的书,跑到街上,找到了那位老妇人,要买那只玩具猫。老妇人说:"猫眼已经被别人先买去了,如果你要买,就给200元吧。"

李四付钱将玩具猫买了回来。"你怎么花200元去买一只没眼珠儿的玩具猫啊?"张三嘲笑他。

李四并不在意,反而向店小二借来一把小刀,刮开猫的一个脚。黑漆脱落后,居然露出灿灿的黄色。他兴奋不已地大喊道:"果然不出我所料,这玩具猫是纯金的啊!"

当年这只玩具猫的主人,一定怕金身暴露,便将它用黑色漆了一遍。后悔不已的张三问李四是如何发现这个秘密。李四笑道:"你虽然能发现猫眼是珍珠的,但你没有想到,猫眼既然是珍珠做成的,那么它的全身能会是不值钱的黑铁所铸吗?"

狩猎

　　瑞士的乔尔吉·朵麦斯特拉尔是狩猎爱好者。一次,他去猎兔,钻进灌木丛中。可是兔子溜走了,他十分扫兴地从灌木丛中出来时,发现裤子上沾满了苍耳子,而且粘得很牢。他想:能不能利用苍耳子粘裤子的原型,发明一种能开能粘的带子。这就得搞清苍耳子为什么能粘在裤子上。他用放大镜仔细观察,原来苍耳子的小刺尖上都有个倒钩,苍耳子就是凭这些倒钩粘在裤子上的。弄清了这个机理,他发明出"贝尔克洛钩拉粘附带",这就是一贴就能粘附住、一拉又能脱开的尼龙布带。乔尔吉申请了专利,组建了公司,成了年收入几千万元的实业家。如今,这种尼龙粘附带已经广泛地被使用于服装、轻工、军工等领域。

找到垫脚的东西

蓝天白云下，牛在河边吃草，牧人在挤奶，三只正在嬉戏的青蛙一不小心掉进了鲜奶桶中。第一只青蛙说："我真倒霉，好端端的掉进牛奶里，难怪今天一早眼皮就跳个不停。"然后它就盘起后腿，一动不动等待着死亡的降临，不一会就被牛奶淹死了。

第二只青蛙说："桶太深了，凭我的跳跃能力，是不可能跳出去了。今天死定了。"它试着挣扎了几下，感觉到一切都是徒劳无益的，于是，在绝望之中沉入桶底淹死了。

第三只青蛙环顾四周说："真是不幸!但我的后腿还有劲，如果我能找到垫脚的东西，就可以跳出这可怕的桶!"

但是，桶里只有滑滑的牛奶，根本没有可支撑的东西，虽然拼命地挣扎，但是一脚踏空，便又落入黏糊糊的牛奶中。它也曾经想放弃，像它的同伴一样安静地躺在桶底，但是，一种求生的欲望支撑着它一次又一次地跳起来……慢慢地，它感觉到下面的牛奶硬起来——原来在它拼命的搅拌下，鲜奶变成了奶油块。在奶油块的支撑下，这只青蛙奋力一跃，终于跳出了奶桶。

诗人与钟表匠

有一位才华出众的年轻诗人,创作了很多抒情诗篇,但人们都不喜欢读,于是他很苦恼。因为,他觉得自己不是一个成功的人,他并不怀疑自己的创作才华,可这到底是怎么一回事呢?于是,他去向父亲的朋友———一位老钟表匠请教。

老钟表匠听后一句话也没说,把他领到一间小屋里,里面陈列着各式各样的名贵钟表。这些钟表,诗人从来没有见过。有的外形像飞禽走兽,有的会发出鸟叫声,有的能奏出美妙的音乐……

老钟表匠从柜子里拿出一个小盒,把它打开,取出了一只样式特别精美的金壳怀表。这只怀表不仅样式精美,更奇异的是,它能清楚地显示出星象的运行、大海的潮汛,还能准确地标明日期。这简直是一只"魔表",世上到哪儿去找呀!诗人爱不释手,他很想买下这个"宝贝",就开口问表的价钱。老人微笑了一下,并未说价钱,只要求用这"宝贝",换下诗人手上那只普普通通的表。

诗人如愿以偿地得到了"宝贝",他对这块表珍爱至极,吃饭、走路、睡觉都戴着它。可是,不久他便到老钟表匠那儿要求换回自己原来那块普通手表。老钟表匠故作惊奇,问他对这样珍异的怀表还有什么感到不满意的。

诗人遗憾地说:"它不会指示时间,可表本来就是用来指示时间的。我戴着它,不知道时间,要它还有什么用处呢?有谁会来问我大海的潮汛和星象的运行呢?这表对我实在没有什么实际用处。"

老钟表匠微微一笑,把表往桌上一放,拿起了这位诗人的诗集,意味深长地说:"年轻的朋友,让我们努力干好各自的事吧。你应该记住:怎样给人们带来用处。"

诗人这时才恍然大悟,从心底里明白了这句话的深刻含义。

人生的精彩不在于你是否成功,而在于你是否能够成为一个有用的人,并为自己的存在而骄傲。被人们认为迄今为止最有智慧的人的杰出代表——爱因斯坦,曾告诉我们:"不要努力去做一个成功的人,而是要努力去做一个有价值的人。"他不仅为我们指明了一个人生发展的方向,而且也教会了我们一种正确对待人生的方式。

美丽的收藏

从前,田野里住着田鼠一家。夏天快要过去了,他们开始收藏坚果、稻谷和其他食物,准备过冬。只有一只田鼠例外,他的名字叫作弗雷德里克。

"弗雷德里克,你怎么不干活呀?"其他田鼠问道。

"我在干活呀!"弗雷德里克回答。

"那么,你收藏什么东西呢?"

"我收藏阳光、颜色和单词。"

"什么?"其他田鼠吃了一惊,相互看了看,以为这是一个笑话,笑了起来。

弗雷德里克没有理会,继续工作。

冬季来了,天气变得很冷很冷。

其他田鼠想起了弗雷德里克,跑去问他:"弗雷德里克,你打算怎么过冬呢,你收藏的东西呢?"

"你们先闭上眼睛。"费雷德里克说。

田鼠们有点奇怪,但还是闭上了眼睛。弗雷德里克拿出第一件收藏品,说:"这是我收藏的阳光。"

昏暗的洞穴顿时变得晴朗,田鼠们感到很温暖。

他们又问:"那你收藏的颜色呢?"

弗雷德里克开始描述红的花、绿的叶和黄的稻谷,那么生动,田鼠们仿佛真的看到了夏季田野的美丽景象。

他们又问:"那么,你的那些单词呢?"

弗雷德里克于是讲了一个故事,田鼠们听得入了迷。

最后,他们变得兴高采烈,欢呼雀跃:"弗雷德里克,你真是一个诗人!"

永恒的价值永远存在于精神的层面之中,因为所有的物质财富都会消亡,而精神财富却会得以传承,与天地同在,与日月争辉。财富、地位、名望都会随着时间的流逝而不复存在,只有精神的力量能够穿越时空,于风尘中散发出历久弥新的光芒。因此,面对人生,精神财富远比物质财富更重要。

最昂贵的物品

一天中午,埃德蒙先生刚进客厅,就听见楼上的卧室有轻微的响声。

"有小偷!"埃德蒙先生急忙冲上楼。果然,一个大约13岁的陌生少年正在那里拨弄小提琴。他头发蓬乱,脸庞瘦削,不合身的外套里面好像塞了某些东西。毫无疑问,他是一个小偷。埃德蒙先生用结实的身躯挡在了门口。

这时,埃德蒙先生看见少年的眼里充满了惶恐、胆怯和绝望。愤怒的表情顿时被微笑所代替,他问道:"你是埃德蒙先生的外甥吗?我是他的管家。前两天,埃德蒙先生说你要来,没想到来得这么快!"

那个少年先是一愣,但很快就回应说:"我舅舅出门了吗?我想先出去转转,待会儿再回来。"埃德蒙先生点点头,然后问那位正准备将小提琴放下的少年:"你也喜欢拉小提琴吗?"

"是的,但拉得不好。"少年回答。

"那为什么不拿着琴去练习一下,我想埃德蒙先生一定很高兴听到你的琴声。"他语气平缓地说。少年疑惑地望了他一眼,但还是拿起了小提琴。

临出客厅时,少年突然看见墙上挂着一张埃德蒙先生在歌德大剧院演出的巨幅彩照,身体猛然抖了一下,然后头也不回地跑远了。

埃德蒙先生确信那位少年已经明白是怎么回事了,因为没有哪一位主人会用管家的照片来装饰客厅。

那天黄昏,回到家的埃德蒙太太察觉到异常,忍不住问道:"亲爱的,你心爱的小提琴坏了吗?"

"哦,没有,我把它送人了。"埃德蒙先生缓缓地说道。

"送人?怎么可能!你把它当成了你生命中不可缺少的一部分。"埃德蒙太太有些不相信。

"亲爱的,你说的没错。但如果它能够拯救一个迷途的灵魂,我情愿这样做。"看

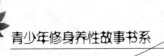

见妻子并不明白他说的话,他就将白天发生的事告诉了妻子,然后问道:"你觉得这么做有什么不对吗?""你是对的,希望你的行为真的能对这个孩子有所帮助。"妻子说。

3年后,在一次音乐大赛中,埃德蒙先生应邀担任决赛评委。最后,一位叫里特的小提琴选手凭借雄厚的实力夺得了第一名!评判时,埃德蒙先生一直觉得里特似曾相识,但又想不起在哪里见过。

颁奖大会结束后,里特拿着一只小提琴匣子跑到埃德蒙先生的面前,脸色绯红地问:"埃德蒙先生,您还认识我吗?"埃德蒙先生摇摇头。"您曾经送过我一把小提琴,我一直珍藏着,所以才有了今天!"里特热泪盈眶地说:"那时候,几乎每一个人都把我当成垃圾,我也以为自己彻底完了,是您让我在贫穷和苦难中重新拾起了自尊,心中再次燃起了改变逆境的熊熊烈火!今天,我可以无愧地将这把小提琴还给您了……"

里特含泪打开琴匣,埃德蒙先生一眼瞥见自己的那把小提琴正静静地躺在里面。他走上前紧紧地搂住了里特,3年前的那一幕顿时重现在埃德蒙先生的脑海,原来他就是"埃德蒙先生的外甥"!埃德蒙先生眼睛湿润了,少年没有让他失望。

再昂贵的物品贵不过一颗心灵,人生中最贵重的物品当属心灵!如果有一天,需要将一个人的命运与我们心爱的物品放在一起权衡,埃德蒙先生用他的行动告诉我们:通过拯救心灵去改变一个人的命运远比获取的物质财富更珍贵。

魔力钱袋

有一个穷人住在一间很破的屋子里，他穷得连床也没有，只好躺在一张长凳上。

穷人自言自语地说："我真想发财呀，如果我发了财，绝不做吝啬鬼……"这时候，上帝在穷人的身旁出现了，说道："好吧，我就让你发财吧，我会给你一个有魔力的钱袋，这钱袋里永远有一块金币，是拿不完的。但是，你要注意，在你觉得够了时，要把钱袋扔掉才可以开始花钱。"

说完，上帝就不见了。在穷人的身边，真的出现了一个钱袋，里面装着一块金币。穷人把那块金币拿出来，里面又有了一块。于是，穷人不断地往外拿金币。穷人一直拿了整整一个晚上，已有一大堆金币了。他想：啊，这些钱已经够我用一辈子了。

到了第二天，他很饿，很想去买面包吃。但是，在他花钱以前，必须扔掉那个钱袋。于是，他拎着钱袋向河边走去。可当他想把钱袋扔掉时，却觉得钱还不够多。他又开始从钱袋里往外拿钱。日子一天天过去了，穷人完全可以去买吃的、买房子、买最豪华的车子，可是，他对自己说："还是等钱再多一些吧。"

他不吃不喝，只顾拿金币，金币已经快堆满一屋子了。可他变得又瘦又弱，头发也白了，整个人也很憔悴。

即使这样，他还硬撑着虚弱的身体说："我不能把钱袋扔掉，金币还在源源不断地出来啊！"终于，他倒了下去，死在了他那破烂的、堆满金币的屋子里。

对金钱的崇拜使穷人迷失了方向，失去了宝贵的生命。从这个可悲可叹的故事中，我们应该明白价值观的决定作用。培养正确的价值观，注意远离不良价值观的诱导，选择冷静的生活态度，不要滋生贪婪之心，合理看待金钱的价值，才能保持正确的人生方向。

一份遗嘱

　　一个冬天的晚上，狄更斯的妻子不慎把皮包丢在了一家医院里。因为皮包内装着 10 万美金和一份十分机密的市场信息，狄更斯焦急万分。

　　当狄更斯赶到那家医院时，他一眼就注意到，一个冻得瑟瑟发抖的瘦弱女孩靠着墙根蹲在走廊里，在她怀中紧紧抱着的正是妻子丢落的那个皮包……

　　原来，这个叫琼斯的女孩是来这家医院陪妈妈治病的。卖了所有能卖的东西，想了所有可以想到的办法，可凑到的钱仍然不够妈妈继续治病，明天她们就得被赶出医院。近乎绝望的琼斯一个人在医院走廊里徘徊。就在这时，一位夫人不小心将皮包掉在了地上却毫无知觉。琼斯走过去捡起皮包，急忙追出门外，可是那位夫人却已不见踪影。

　　当琼斯回到病房，打开那个皮包时，娘儿俩都被包里成沓的钞票惊呆了。用这些钱可能会治好妈妈的病，可是妈妈却让琼斯把皮包送回走廊去，等丢皮包的人回来取，琼斯默然同意。虽然她知道妈妈很需要那笔钱来治病，但是她更理解妈妈的为人和品性。

　　狄更斯感激不已，毫不犹豫地出钱为琼斯的妈妈治病。虽然医院尽了最大的努力，还是没能挽救琼斯母亲的生命。由于母女俩的善良之举，狄更斯不仅失而复得那 10 万美金，更因那份市场信息而生意兴隆，成了身价倍增的富翁。他决定收养琼斯。

　　被收养的琼斯读完大学后，协助狄更斯料理商务。富商的智慧和经验潜移默化地影响着琼斯。在长期的历练中，琼斯也成了一个杰出的商业人才。

　　狄更斯临危之际，留下这样一份遗嘱："我收养琼斯既不为知恩图报，也不是出于同情，而是请了一个做人的楷模，有她在我的身边，生意场上我会时刻铭记哪些该做、哪些不该做,什么钱该赚、什么钱不该赚。这就是我后来事业发达的根本原因。"

"我死后,我的亿万资产全部留给琼斯。"

"我深信,我聪明的儿子能够理解爸爸的良苦用心。"

狄更斯从国外回来的儿子仔细看过父亲的遗嘱后,毫不犹豫地在财产继承协议书上签了字:"我同意琼斯继承父亲的全部资产,只请求琼斯能做我的夫人。"琼斯看完富翁儿子的签字,略一沉吟,也提笔签了字:"我接受先生留下的全部财产——包括他的儿子。"

价值观不同的人行为作风迥然相异。生活中,有的人拾金不昧,有的人却见利忘义,根本的原因在于他们的价值观不同。见利忘义的人看重的是暂时的物质利益,但却忽略了珍贵的精神财富,而拾金不昧之人正好与之相反。

黄金与金发

  从前有一个非常富有的国王,名叫米达斯。他拥有的黄金之多,超过了世上任何人。尽管如此,他仍认为自己拥有的黄金还不够多。他把黄金藏在皇宫里面的几个大地窖中,每天都在那里待很长时间清点自己有多少黄金。

  米达斯国王有一个小女儿叫马丽格德。国王非常喜欢自己的女儿,他告诉她:"你将成为世界上最富有的公主!"

  但是马丽格德对此不屑一顾。与父亲的财富相比,她更喜欢花园中的鲜花与金色的阳光。她大部分时间都是一个人自己玩,因为父亲为获得更多的黄金和清点自己有多少黄金忙得不可开交。

  一天,米达斯国王又来到他的藏金屋。他反锁上大门,将金子堆到桌子上,开始用手抚摸,让黄金从指缝间滑落而下,微笑着倾听它们的碰撞声,仿佛那是一首美妙的曲子。突然,一个人影落到那堆金子上面。他抬起头,发现一个身着白衣的陌生人正对着他笑。米达斯国王吓了一跳,他明明记得把门锁上了呀!陌生人继续对着他微笑。

  "你有许多黄金,米达斯国王。"他说道。

  "对,"国王说道,"但与全世界黄金的总量相比,那又显得太少了!"

  "什么?你还不满足吗?"陌生人问道。

  "满足?"国王说,"我当然不满足。我经常夜不能寐,想方设法获得更多的黄金。我希望我摸到的任何东西都能变成黄金。"

  "你真的希望那样吗,米达斯陛下?"

  "我当然希望如此了,其他任何事情都难以让我那样高兴。"

  "那么你将实现你的愿望。明天早晨,当第一缕阳光透过窗户射进你的房间,你将获得点金术。"

  陌生人说完便消失了。米达斯国王揉了揉眼睛。"我刚才一定是在做梦。"他说道,"如果这是真的,我该有多高兴啊!"

第二天,米达斯国王醒来时,房间里晨光熹微。他伸手摸了一下床罩,什么也没有发生。"我知道那不是真的。"他叹了口气。就在这时,清晨的阳光透过窗户射进房间。米达斯国王刚才摸过的床罩变成了纯金的。"这是真的,是真的!"他兴奋地喊道。

他跳下床,在房间里跑来跑去,见什么摸什么。他正穿着的长袍、拖鞋和屋里的家具都变成了金子。他透过窗户,向马丽格德的花园望去。"我将给她一个莫大的惊喜。"他自言自语道。他来到花园中,用手摸遍了马丽格德的花朵,把它们都变成了金子。"她一定会很高兴。"他想。

他回到房间,等着吃早饭。当他拿起昨天晚上看过的书时,书就变成了金子。"我现在无法看这本书了,"他说道,"不过让它变成金子当然更好。"

这时,房门开了,小马丽格德手里拿着一支玫瑰花走了进来。他伸开双臂,抱住女儿……他突然痛苦地喊了起来——女儿那漂亮的脸蛋变成了金灿灿的金子,她不再是一个可爱的、爱笑的小女孩了,她已经变成了一尊小金像。

米达斯低下头,大声哭泣起来。

"你高兴吗,陛下?"一个声音问道。他抬起头,看到那个陌生人站在他身旁。

"高兴?你怎么能这样问!我是世界上最不幸的人!"国王说道。

"你掌握了点金术,"陌生人说道,"那还不够吗?"

米达斯国王仍低头不语。

"在女儿与这些金子之间,你更愿意要哪一个?"

"噢,把我的小马丽格德还给我,我愿放弃所有的金子!"国王说道,"我已经失去了应该拥有的东西。"

"你现在比过去明智多了,米达斯国王,"陌生人说道,"请你跳到从花园旁边流过的那条河中,取一些河水,洒到你希望恢复原状的东西上吧。"说完,陌生人就消失了。

米达斯立刻跳起来,向小河跑去。他跳进去,取了一罐水,然后急忙返回皇宫,把水洒到马丽格德身上。她的脸蛋逐渐恢复了血色,她睁开那双蓝眼睛。"啊,父亲!"她说道,"发生了什么事?"

米达斯国王高兴地叫了一声,把女儿抱到怀中。

"不要为了金子而失去应该拥有的东西。"这是米达斯国王通过这件事悟出的道理。从那以后,米达斯国王再也不喜欢金子了,他只钟爱金色的阳光与马丽格德

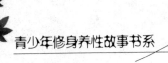
的金发。

如果在这个世界上,我们最爱的、最在乎的人变成了金子一样的雕塑,我们拥有的财富又有什么意义?很多时候,我们被利益或其他的原因蒙蔽了双眼,忽视了那些在我们生命中最有价值的人,那就是:我们所爱的人。珍惜我们所爱的人吧,不要等到为时已晚的时候,才后悔莫及。

百万美元也换不来的价值

老人在河边散步,看到一位年轻人站在那里唉声叹气。

"孩子,你遇到了什么不开心的事情吗?"老人关切地问。

年轻人看了老人一眼,叹了口气:"我是一个名副其实的穷光蛋。我没有房子,没有太太,没有工作,整天饥一顿饱一顿地度日。怎么能高兴得起来呢?""傻孩子,"老人笑道,"其实,你应该开怀大笑才对!"

"开怀大笑?为什么?"年轻人不解地问。

"你不知道你自己就是一个百万富翁呢!"老人有点儿神秘地说。

"百万富翁?您别拿我这穷光蛋寻开心了。"年轻人不高兴了。

"我怎敢拿你寻开心?孩子,现在你能回答我几个问题么?"

"什么问题?"

"假如,现在我出 20 万美元买走你的健康,你愿意么?"

"不愿意。"年轻人摇摇头。

"假如,现在我再出 20 万美元买走你的青春,让你从此变成一个小老头儿,你愿意么?"

"当然不愿意。"年轻人干脆地回答。

"假如,我再出 20 万美元买走你的容貌,让你从此变成一个丑八怪,你愿意么?"

"不愿意!当然不愿意。"年轻人的头摇得像个拨浪鼓。

"假如,我再出 20 万美元买走你的智慧,让你从此浑浑噩噩,度此一生,你愿意么?"

"傻瓜才愿意!"

"别急,请回答完我最后一个问题:假如现在我再出 20 万美元,让你去杀人放火,让你从此失去良心,你可愿意?"

"天啊!干这种缺德事,魔鬼才愿意!"年轻人愤愤地回答道。

"好了,刚才我已经开价 100 万美元了,仍然买不走你身上的任何东西,你说你不是百万富翁,又是什么?"老人微笑着问。

年轻人一下子明白了其中的真谛,他面带微笑地离开了,因为他相信等待着他的是崭新的人生。为了我们能够健康成长,我们需要有坚定的价值观来为我们的人生导航!我们每一个人都应树立起这样的价值观:青春、智慧、健康、良心是任何财富都无法替换的。如果出卖了这些珍贵的东西,无论拥有了多少财富,我们也是一贫如洗的。

石头与陶罐

有一位陶工制作了一个精美的彩釉陶罐,为了确保安全,他把它放在了地下室里。

陶罐认为主人把自己放错了地方,整天唉声叹气地抱怨说:"我这么漂亮,这么精致,为什么不把我放到皇宫里作为收藏品呢?即使摆放到商店展出,也比待在这儿强啊!"

陶罐底下的石头听了忍不住劝它说:"这儿不是也挺好吗? 我比你待的时间还久呢。"

陶罐听了讥讽石头说:"你算什么东西?只不过是一块垫脚石罢了,你有我这么漂亮的外表么?和你在一起我真感到羞耻。"

石头争辩说:"我确实不如你漂亮好看,我生来就是做垫脚石的,但在完成本职任务方面,我不见得比你差……"

"住嘴!"陶罐愤怒地说,"你怎么敢和我相提并论!你等着吧,要不了多久,我就会被送到皇宫成为收藏品……"它越说越激动,不小心摇晃了一下,"哗啦"倒在地上,摔成了一堆碎片。

一年一年过去了,世界发生了许多变化。一个又一个王朝覆灭了,陶工的房子也早已倒塌了,石头和那堆陶罐碎片被埋在了荒凉的泥土中。

许多年以后的一天,人们来到这里,掘开厚厚的泥土,发现了那块石头。

人们把石头上的泥土刷掉,石头便露出了晶莹的颜色。"啊,这块石头可是一块价值连城的宝玉呢!"一个人惊喜地说。

"谢谢你们!"石头兴奋地说,"我的朋友陶罐碎片就在我的旁边,请你们把它们也挖掘出来吧,它一定闷得受不了了。"

人们把陶罐碎片捡起来,翻来覆去查看了一番,说:"这只是一堆普通的陶罐碎片,一点价值也没有。"说完就把这些陶罐碎片扔进了垃圾堆。

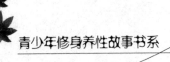

对自我价值的不同认识,将导致不一样的生活状态。青少年在成长过程中的很多心理问题就是因为没有正确地认识自己。社会是一个大舞台,要想在这个舞台上当一个好演员,首先就应当对自我价值有一个正确的认识。根据自己的素质、才能、兴趣和环境条件,确立自己的角色,摆正自己的位置,选择自己的奋斗方式,这样才能体现出自己的价值。

没有马甲的乌龟

有一只乌龟在沙滩上晒太阳,几只螃蟹爬过来,它们看到乌龟背上的甲壳,便嘲笑道:"瞧瞧,那是一只什么怪物啊,身上背着厚厚的壳不说,壳上还有乱七八糟的花纹,真是难看死了。"

乌龟听后,觉得很羞愧,因为它自己早就痛恨这身盔甲,可这是娘胎里带出来的,它无法改变,只能把头缩进壳里,眼不见、耳不听,还能落得个清静。

谁知螃蟹们见乌龟不反抗,便得寸进尺:"哟,还有羞耻心呢,以为把头缩进去,就能改变你一出生就穿破马甲的命运吗?"乌龟没有应答,螃蟹自讨没趣,于是走了。

乌龟等螃蟹们走后,伸出头,迈动四肢,找到一处礁石,把它的背部在礁石上不停地磨,想磨掉那件给它带来耻辱的破马甲。

终于,乌龟把背磨平了,马甲不见了,但弄得全身鲜血淋漓,疼痛不堪。

这天,东海龙王召集文武百官开会,宣布封乌龟家族为一等伯爵,并令它们全体上朝叩谢圣恩。

在乌龟家族里,龙王一眼就瞧见了那只已没有马甲的乌龟,大怒道:"你是何方妖怪,胆敢冒充乌龟家族成员来受封!"

"大王,我是乌龟呀!"

"放肆,你还想骗我,马甲是你们龟类的标志,你连标志都没有,已失去了乌龟的本色,居然敢说自己是乌龟!"说完,龙王大手一挥,虾兵蟹将们就将这只没有了马甲的乌龟赶出了龙宫。

这只可怜的小乌龟并不知晓自己背上的马甲的价值,最后将自己弄得面目全非,被赶出乌龟家族。

个人品性的锻炼应该从认识自我开始。我们怎么看待自己,不但影响自己的态度和行为,也影响我们看待他人的方式。我们处处以他人为镜,将使自己失去个

性,最终迷失自我。

　　一个人若迷失自我,就没有做人的尊严,就不能获得别人的尊重。事实上,正如世上没有两片完全相同的树叶一样,也没有两个人是完全相同的。我们每一个人在这世上都是独一无二、独具特色的。我们自身就有无穷的宝藏,何不快乐地保持自己的本色,认清自我价值呢?所有的美丽均来自于我们身上的特有气质,而非效仿的结果。我们需要在遵守团体规则的前提下保持自我本色,不人云亦云,不亦步亦趋,做最好的自己。展现自我风采,实现自我价值,相信我们会活得更精彩。万事万物都有特别的价值,不同的人有不同的特质,每个人都是独一无二的,不一样的人有属于自己的、和别人不一样的精彩。我们只需做真实的自己,活出自我本色,就能实现自己的生命价值。

小小的心安草

有一天，一个国王独自到花园里散步，花园里所有的花草树木竟然全都枯萎了，园中一片荒凉，使他万分诧异。

后来国王了解到，原来橡树由于没有松树那么高大挺拔，因此轻生厌世死了；葡萄哀叹自己终日匍匐在架上，不能直立，不能像桃树那样开出美丽可爱的花朵，于是也死了；牵牛花也病倒了，因为它叹息自己没有紫丁香那样芬芳；其余的植物也都垂头丧气，无精打采，只有很渺小的心安草在茂盛地生长。

"小小的心安草啊，别的植物全都枯萎了，为什么你还这么勇敢乐观，毫不沮丧呢?"国王问道。

"国王啊，我一点也不灰心失望。因为我知道：如果国王您想要一棵橡树，或者一丛葡萄、一棵桃树、一株牵牛花、一株紫丁香等，您就会叫园丁把它们种上，而我知道您寄希望于我的就是要我安心做小小的心安草。"小草回答说。

安于自身角色，实现自我应有的价值，不好大喜功，这是心安草的性格品质，也是心安草名字的由来。让我们也做一棵小小的心安草吧，抛开无谓的虚荣和攀比，踏踏实实地扮演好自己的角色，努力成为一个优秀的人。

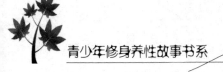

师父的草籽

三伏天,禅院的草地枯黄了一大片。

"快撒点草籽吧!好难看哪!"小和尚说,"等天凉了……"

师父挥挥手:"不用等天凉,随时!"

于是师父买了一包草籽,叫小和尚去播种。

秋风起,草籽边撒、边飘。"不好了!好多种子都被吹跑了。"小和尚大喊。

"没关系,吹走的多半是空的,就算撒下去也发不了芽。"师父说,"随性!"

撒完种子,跟着就飞来几只小鸟啄食。"要命了!种子都被鸟吃了!"小和尚急得跳脚。

"没关系!种子多,吃不完!"师父说,"随遇!"

午夜一阵骤雨,小和尚一大早便冲进禅房:"师父!这下真完了!好多草籽被雨水冲走了!"

"冲到哪儿,就在哪儿发芽。"师父说,"随缘!"

一个星期过去了,原本光秃秃的地面,居然长出许多青翠的草苗,一些原来没播种的角落,也泛出了绿意。

小和尚高兴得直拍手。

师父点头:"随喜!"

人的性格是多元化的,只有淡定从容,我们才有可能看到人生错综复杂的表象下所隐藏的生命本真的一些东西,我们才更能体悟到生命的奥妙与美好之处。

范老翁的风波

古代有个范老翁,他开了个典当铺。

有一天,他忽然听到门外有一片喧闹声。他出门一看,原来是隔壁的穷邻居。站柜台的伙计对范老翁说:"他将衣服压了钱,空手来赎回,不给他,他还破口大骂。有这么不讲理的人吗?"

穷邻居仍然气势汹汹,坐在当铺门口不肯离开。

老翁见此情景,亲切地对那个穷邻居说:"我明白你的意思,不过是为了度年关。这种小事,值得一争吗?"于是,他命店员找出穷邻居的典当之物,衣服蚊帐共四五件。

老翁指着棉袄说:"这件衣服抗寒不能少。"又指着外袍说:"这件给你拜年用,其他的东西不急用,那就留在这里吧。"

那位穷邻居拿到两件衣服,不好意思再闹下去,便立刻离开了。

当天夜里,这个穷邻居竟然死在别人的家里。

原来,穷邻居同人家打了一年多的官司,因为负债过多,不想活了。于是就先服了毒药,他知道老翁家富有,想敲诈一笔,待去世后留给家人,结果老翁的善良打动了他,于是他就转移到了另外一家。

事后有人问老翁:为何如此有先见之明。老翁回答说:"凡无理挑衅的人,一定有所依仗。如果在小事上不忍耐,那么灾祸就会立刻到来了。"

人们听了,都很佩服老翁的见识。

忍耐是无声的语言,有一种埋藏在深处的震撼力。真正有力量的人,多是具备忍耐个性的人。他们明白,人生无需在"我是你非"中证明自己的价值。不必在意别人的态度与言行,走好自己的路,就是对他人最好的回应方式。

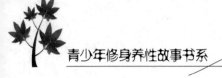

没有上锁的房间

一天,董事长叮嘱全体员工:"谁也不要走进8楼那个没挂门锁的房间。"但他没解释为什么。

在这家效益不错的公司里,员工都习惯了服从,大家牢牢记住了领导的吩咐,谁也没去那个房间。

一个月后,公司又招聘了一批年轻人,同样的话,董事长又向新员工重复了一遍。这时,新员工庞凯在下面小声嘀咕了一句:"为什么?"

董事长看了他一眼,满脸严肃地回答:"不为什么。"

回到岗位上,庞凯的脑子里还在不停地闪现着那个神秘的房间:又不是公司部门的办公用房,又不是什么重要机密存放地,为什么不能进去呢?庞凯想去看看到底是怎么回事。

同事纷纷劝他不听领导的话不会有什么好果子吃,毕竟这份工作来之不易呀!

小伙子牛脾气,执意要去看个究竟。

他轻轻地叩门,没有人应。他随手一推,门开了。不大的房间中只有一张桌子,桌子上放着一张纸条,上面用红笔写着几个字:"将这张纸条拿给董事长。"

庞凯很失望,但既然做了,就做到底,他拿着纸条到了董事长办公室。当他从办公室出来时,同事得知他不但没有被解雇,反而被任命为销售部经理。

"销售是最需要创造力的工作,只有不被条条框框限制住的人才能胜任。"董事长给了大家这样一个解释。后来,庞凯果然没有让董事长失望。

具有冒险精神的人,他的生命会因敢于冒险绽放美丽的花朵,不敢冒险的人永远享受不到生命之旅带来的惊喜。

寇准抗辽

寇准,字平仲,华州下邦(今陕西渭南北)人,北宋政治家,公元1004年拜相,时值辽军来犯,这次是辽国的萧太后亲自率兵进犯中原。

宋真宗听说辽兵已到了澶州(今河南濮阳),又惊又怕,赶紧召集群臣商议对策。

副宰相王钦若悄悄对宋真宗说:"辽军来势汹汹,咱们根本就不是他们的对手,所以,依臣之见,咱们干脆一走了之。"宋真宗听王钦若的意思是想劝他逃跑,便问:"走?往哪里走?"

王钦若说:"咱们迁都金陵(今江苏南京),要比在这里安全得多。"宋真宗想了想,问大臣陈尧叟:"依爱卿之见呢?"

陈尧叟俯在宋真宗的耳旁,轻声说:"依臣之见,咱们干脆躲得远远的。"宋真宗听陈尧叟的意思,也是劝他逃跑,便问:"躲到哪里去呢?"

陈尧叟是蜀人,他说:"依臣之见,咱们就躲到成都去吧!"

宋真宗拿不定主意,又征求新任宰相寇准的意见。寇准见宋真宗的意思是要逃跑,很是生气:"这是谁出的馊主意?我看,应该把出这主意的人杀了。"

宋真宗一时竟没话可说了。

寇准又说:"陛下应该带兵亲征,这样将士们斗志昂扬,一定能够打退辽兵。如果陛下放弃东京南逃的话,人心动摇,国家也就保不住了。"

宋真宗听寇准这么说,点了点头,说:"好!朕就依爱卿之见,带兵亲征,由爱卿随同指挥。"

宋真宗率兵到了韦城(今河南滑县东南),心里害怕,又止步不前了,便和寇准商量。

寇准义正词严地说:"陛下,现在我们只能前进一尺,不可能后退一寸。如果我们先在心理上输给辽军的话,那么宋军也就瓦解了。"

宋真宗见已不能回头了,这才带兵来到澶州。

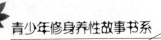

　　两军对垒中,辽军主将萧达兰中箭身亡,萧太后有些害怕了,便派使者到宋营中讲和,让宋朝割让土地。宋真宗很高兴,找寇准商量此事。

　　寇准气呼呼地说:"他们要讲和,就要他们归还燕云十六州,哪有再割让土地给他们的道理?"

　　宋真宗心里不愿再战,愿意讲和,便不顾寇准的反对,说:"不割让土地可以,但我们可以给他们钱财,哪怕每年100万两白银也行。"

　　寇准气得胡须乱抖,他不再和宋真宗争执,而是找到派往辽营谈判的使者曹利,说:"赔款数目不准超过30万,否则,你回来我要你的命。"

　　最终,宋辽双方达成和议,宋朝每年给辽国白银30万两。由于寇准坚持抗辽,避免了宋朝更大的损失。

　　一个人要有脊梁才能直立行走,一个国家要有脊梁才能岿然屹立。寇准身上所具有的坚定不移的勇气和刚正,正是这个国家赖以生存与发展的精神支柱。当这个民族的每个人都具有无畏的勇气时,这个民族也将崛起于世界民族之林。

"铁娘子"的刚毅个性

撒切尔夫人是 20 世纪国际政治舞台上的风云人物,也是杰出的女政治家。"铁娘子"的称谓,展示了她固有的刚毅个性。在英国现代史上,撒切尔夫人作为唯一的女性首相而闻名天下。她以果断刚毅、毫不妥协的工作作风被人们誉为"铁娘子",不仅在英国政界,而且在国际政治舞台上获得了极高的评价。

撒切尔夫人原名玛格丽特·希尔达·罗伯茨,她的父亲对她成长的影响非常大,父亲常教导她做事必须有目标,有自己的主意,不能跟着别人走。

从牛津大学毕业后,玛格丽特已经是保守党组织活动的积极分子,1946 年被推举为保守党俱乐部主席,后来正式加入了保守党。她深受保守党的政治熏陶,钦佩丘吉尔首相,立志要做丘吉尔那样的人。但她深深地知道,一个女人跻身政界,在英国这样一个男人一统天下,传统观念浓厚的国度里要想获得一席之地是很困难的,但对她来说也意味着更富有挑战性。

1959 年,撒切尔夫人成为保守党下院议员。这是她迈向理想人生的第一步。1971 年,撒切尔夫人出任英国教育大臣,成为保守党历史上第二个进入内阁的女性。任职以后,她针对教育中的弊病提出了各种改进意见,但她的教育政策为很多人所不喜欢,甚至触犯了众怒。撒切尔夫人并没有因社会舆论和各界的压力而改变初衷,她说:"我照旧会做下去。"

1975 年,她竞选保守党领袖获得成功,成为首相的候选人,大选的结果是保守党以压倒性优势取胜,撒切尔夫人成为英国历史上第一位女首相。在英国历史上,前后共有 6 位女王入主英国王室,而上、下两院和政府是清一色的男性,撒切尔夫人成为唐宁街 10 号的主人,这成为英国政治史上的一件大事。

一个成功者应该是善于变通,在复杂局面下游刃有余的人,更应该是像泰山一般沉稳刚毅之人。

低调谦让的卫青

西汉武帝时,卫青因姐姐卫子夫受宠于汉武帝,被任命为大将军,封长平侯,率大兵攻打匈奴。

右将军苏建在与匈奴作战时全军覆没,单身逃回,按军律当斩。

卫青问长史、议郎等属官:"苏建应当如何处置?"

议郎周霸说:"大将军出兵以来,从未斩过一名偏将小校,如今苏建弃军逃回,正可斩苏建的头,来立大将军之威。"

卫青说,"我因是皇上的亲戚而带兵出塞,并不怕立不起军法的威严,你劝说我杀人立威,就失掉了做臣子的本分。我的权限虽可以斩杀大将,然而我把斩杀大将的权力还给皇上,让皇上来决定是否诛杀,来显示我虽在境外,受皇上宠爱,却不敢专权杀将,这不是更好吗?"

属官们都钦佩地说:"大将军高见,属下等万万不及。"

卫青便派人把苏建押回长安,汉武帝怜惜其才,并未杀他,让他出钱赎罪,而对卫青的处置大为满意。

苏建后来又跟随卫青出塞攻打匈奴,他劝卫青说:"大将军的地位是至尊至重了,可是天下的贤士名人却没有夸赞传扬您的威名。古时的名将都向朝廷推荐贤良才能之士,自己的名声也传遍四海,希望大将军能学习古时名将的做法。"

卫青摇头说:"你只知其一,不知其二。以前武安侯田蚡、魏其侯窦婴各自招揽宾客,结成朋党,以颂扬自己的名声,皇上常常恨得咬牙切齿。亲近贤士名人、进用贤良、贬黜不肖,这都是皇上的权柄,我们做臣子的,只知道遵守国法,履行自己的职责而已。"

汉武帝特别宠爱卫青,谕令群臣见到卫青都要行跪拜礼,以显示大将军的尊贵。群臣都不敢抗旨,见到卫青无不匍匐礼拜,只有主爵都尉汲黯见到卫青,依然行平揖礼。有人好意劝汲黯:"对大将军行跪拜礼是皇上的意思,您这样做不怕皇上恼怒吗？"

汲黯昂然道："跪拜大将军的多了，多我一个不多，少我一个不少。难道说大将军有一个平礼相交的朋友，就不尊贵了吗？"

卫青听说后，非常高兴，登门拜访汲黯，谦虚地说："久仰大人威名，一直没有机会和大人结交，现在有幸承蒙大人看得起，请把我当作您的朋友吧。"

汲黯见他态度诚恳，不以富贵骄人，便交了这个朋友。

卫青以后凡有疑难问题，都虚心向汲黯请教。

汉武帝很欣赏卫青的谦逊，也就不计较汲黯的抗礼了，对卫青也始终信赖有加。

一个人，如果身处优位，却不懂得谦和待人，就无法赢得别人的尊重，久而久之，就会被众人所抛弃。因而，谦逊的人格，既是一种自我修养，也是一种自我保护。

自己的心需要看守

据说,在南宋末年有一个年轻人名叫许衡,他自幼因聪明勤奋而在当地颇为知名。

在一个炎热的夏天,烈日像火球一样炙烤着大地。许衡由于长时间赶路而汗流浃背,口干舌燥,十分希望能找个阴凉的地方歇一歇,喝点水解解渴。走着走着,他遇到了几个商贩在一棵大树下乘凉,他们也都又热又渴,却找不到一滴水。

这时,一个人捧着几个让人垂涎欲滴的大梨回来了,告诉大家,不远处有梨树。这一来,商贩们都乐坏了,赶忙收拾东西去摘梨。可是,许衡却一动没动。

有个商贩奇怪地问:"你不去摘梨吗?"

许衡问道:"梨树的主人在吗?"

商贩说:"梨树的主人好像不在,但天气这么热,摘几个梨解渴,又没有人看到,没什么大不了的。"

许衡却说:"梨树现在虽然没有主人看管,但我的心是有主人的,不是我自己的东西,没有经过主人允许,就算没有其他人看到我也绝不会去拿的。"

一切的心灵防线不是别人给我们设置的,而是自己对自己的一种监督和要求。只有我们能够在无人监督时看守好自己的心灵,我们才能成为自己的主人!

拥抱对手

　　这是一场看似普通又极为特殊的世界职业拳手争霸赛，正在比赛的是美国两个职业拳手，年长的叫卢卡，年轻的叫拉瓦。上半场两人打了六个回合，实力相当，难分胜负。在下半场第七个回合，拉瓦接连击中老将卢卡的头部，打得他鼻青脸肿。

　　短暂的休息时，拉瓦真诚地向卢卡致歉。他用自己的毛巾将卡卢脸上的血迹轻轻擦去，仿佛这一切都是自己的罪过。

　　接下来两人继续交手。也许是年纪大了，也许是体力不支，卢卡一次又一次被拉瓦击倒在地，拉瓦友好地上前把卢卡拉起来。卢卡被扶起后，他们微笑着击掌，然后继续交战。这样的举动在拳击场上极为少见。

　　最终，卢卡负于拉瓦，观众潮水般涌向拉瓦，给他献花、致敬、赠送礼物。拉瓦拨开人群，径直走向被冷落在一旁的老将卢卡，将最大的一束鲜花送进他的怀抱。

　　两人紧紧地拥在一起，相互亲吻对方被击伤的部位，俨然是一对亲兄弟。卢卡真诚地向拉瓦祝贺，一脸由衷的笑容。他握住拉瓦的手，高高举过头顶，向全场的观众致敬。

　　人的气度是一种神奇的力量，它可以使人在失利时保持坦然，在得意时热情地给对手以鼓励。气度更是一种了不起的人格魅力。

平等待人的托尔斯泰

托尔斯泰小时候经常和农民的孩子在森林里玩,在河里捉鱼、游泳。托尔斯泰根本不在乎跟自己一起玩的是贵族家庭的"少爷",还是"下等人"家里的小孩,只要玩得开心就好。可是往往正当他和那些小朋友玩得开心的时候,他们就被拉走了,只剩下托尔斯泰孤零零一个人。父母也经常告诫他:"你是少爷,不要跟那些下等人一起玩。"托尔斯泰很生气:"为什么农民的孩子就要低人一等呢?"

随着年龄的不断增长,托尔斯泰这种意识越来越强烈。他看到农民,特别是农奴辛辛苦苦地为农奴主干活,却常常吃不饱、穿不暖,还要挨打挨骂,非常同情他们。他想:如果解放农奴,让他们得到自由,再给他们一定的土地,他们就能够过上好日子了。

托尔斯泰开始在自己的庄园实践自己的主张。他把庄园由劳役制改为代役制,使农民摆脱了对庄园主的人身依附;他还放走了家里的农奴。其他的农奴主讥笑他,可是托尔斯泰坚信自己是对的。后来,托尔斯泰还兴办农民子弟学校,凡是愿意读书的农民子弟都可以免费入读。学校教孩子们读书、写字、唱歌、画画和做算术,托尔斯泰还亲自给孩子们上历史课。

由于托尔斯泰平等待人,他对人民的感情也日益加深,在创作中,他把他各个阶段的探索融入作品里,这使他的作品更具有深度。他创作出了《安娜·卡列尼娜》、《复活》等非常优秀的作品。

托尔斯泰不畏世俗,平等待人的高尚情操,使他能够真正融入大众,理解大众,反映大众,因而他的作品才有深度,才能感染人心。让我们平等对待每一个人,无论他的身份多么卑微,善待每一个人,做一些力所能及的事情,这是当代青少年应有的品格。

谦逊的宋庆龄

宋庆龄非常讲究卫生,她常常提醒孩子要注意清洁。

一天,中国福利会儿童艺术剧院的小演员们正在排练节目。调皮的"小豆子"突然跑进排练场高兴地喊:"宋奶奶来了!"几十双明亮的眼睛都集中注视着门口,期待着他们最爱戴的宋奶奶出现。当宋庆龄出现在门口时,大家几乎是异口同声地喊:"宋奶奶好!"孩子们和宋奶奶相互问候后,又开始认真地排练起来。宋庆龄边走边看,有时点着头夸赞小演员表演逼真,有时弯下腰来看孩子们的服装合不合适,有时又将耳朵侧过去,听孩子们跟她讲悄悄话……

当她走到小演员陈海根面前时,眉头微皱说:"你叫什么名字?"小海根腼腆地回答:"我叫陈海根。""瞧,你的小手那么脏,还不快去洗洗。"陈海根站在那里没动,很难为情,想说什么,可又没有说出来。宋庆龄以为陈海根不大乐意接受意见,就又和蔼地说:"只有讲究卫生,才能身体健康,不生疾病。有了健康的身体,才能做好革命工作。"

"是!"陈海根说话了,但好像带着一丝委屈。宋庆龄没注意到,以为孩子懂了,就转身跟另外一位孩子讲话。

"宋奶奶。"几个和陈海根一起排练节目的小演员大着胆子叫道。宋庆龄回过头来,亲切地问:"你们有什么事吗?"孩子们七嘴八舌地说:"陈海根的手不是脏,是黑!""他生来皮肤就黑,黑得很呢!""您冤枉了他……"

宋庆龄一下子惊呆了,马上露出歉疚的神色!

她看着小脸涨得通红的陈海根,轻轻摸着他的头,可不,果然是黑。她充满歉意地拉起陈海根的手,诚恳地说:"孩子,我搞错了,请你原谅我!"陈海根急忙摇头,说:"不,不!宋奶奶,不能怪你,我的皮肤确实太黑了,怎么洗也洗不白。"

宋庆龄爱抚地拍了拍陈海根的肩膀,说:"好孩子!谢谢你安慰我。是我错了,我应该向你道歉,请你原谅我!"

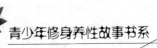

　　当时,宋庆龄已经是 61 岁的老人,还担任着国家的重要职务,身居高位,却仅仅因为一句话,向一个孩子道歉,而且是十分诚恳地道歉,足以看出她是何等谦逊的人。

　　懂得发自内心真诚向别人道歉的人一定是一个具有良好修养的人。无论什么时候,当我们做错了事情,无论是否给他人造成伤害,不要放不下你的架子,真诚的道歉既慰藉别人的心灵,也换得自己内心的安宁。

面包中的金币

　　小镇上最富有的人要数面包师卡尔了，他是个好心人。为了帮助人们度过饥荒，他把小镇上最穷的 20 个孩子叫来，对他们说："你们每一个人都可以从篮子里拿一块面包。以后你们每天都在这个时候来，我会一直为你们提供面包，直到你们平安地度过饥荒。"

　　那些饥饿的孩子争先恐后地去抢篮子里的面包，有的为了能得到一块大点的面包甚至大打出手。他们心里只想着面包，当他们得到的时候，立刻狼吞虎咽地把面包吃完，从没想过要感谢这个好心的面包师。

　　面包师注意到一个小女孩儿，她穿着破旧不堪的衣服，每次都在别人抢完以后，她才到篮子里去拿最后的一小块面包，她总会记得亲吻面包师的手，感谢他为自己提供食物，然后拿着面包回家。

　　第二天，那些孩子和昨天一样抢夺较大的面包，可怜的小女孩儿最后只得到了一块很小的面包，但她仍然很高兴，亲吻了面包师的手后，拿着面包回家了。到家后，当她妈妈把面包掰开时，一个金光闪闪的金币从面包里掉了出来。妈妈惊呆了，对孩子说："这肯定是面包师不小心掉进来的，赶快把它送回去吧。"

　　小女孩儿拿着金币来到了面包师家里，对他说："先生，我想您一定是不小心把金币掉进了面包里，幸运的是它并没有丢，而是在我得到的面包里，现在我把它给您送回来了。"

　　面包师微笑着说："不，孩子，我是故意把这块金币放进最小的面包里的，我希望最善良的孩子能得到这块金币，现在这块金币属于你了，这是对你的奖赏，希望你永远都能像现在这样善良、懂得分享，用感恩的心去面对每一件事。回去告诉你的妈妈，这个金币是一个善良的女孩儿应该得到的奖赏。"

　　善良的孩子就像天使般美丽可爱。我们中国有古语"上善若水"，"水善利万物而不争"，我们应该保持内心的平和与善良，外表才会谦让有度、温文尔雅，才能自然持久地散发出芬芳动人的人格魅力。

为老师干杯

玛丽·居里是法籍波兰物理学家和化学家，也是法国科学院第一位女院士。1903 年，她和丈夫一起获诺贝尔物理学奖，1911 年又荣获诺贝尔化学奖，成为迄今为止唯一的两次获得诺贝尔奖的女科学家。

1912 年，华沙"镭"实验室建成了。居里夫人——"镭的母亲"，接到消息后，立刻打点行装，从巴黎飞往华沙。

晚上，为居里夫人举行的欢迎宴会开始了。居里夫人成了贵宾，被请到摆满鲜花的桌前坐下，但她却四处张望，在努力地寻找着什么。

忽然，居里夫人的目光停在了对面一位白发苍苍的老人那里，老人正敬佩地望着她。居里夫人激动地站了起来，向老人走去。

居里夫人伸出双手，紧紧地拥抱了这位老人，在老人的双颊上吻了又吻，说道："我以为这是不可能的，可却是真的，是真的!我一直想念着您，斯克罗斯校长!"

斯克罗斯校长热泪盈眶，她紧紧握住居里夫人的手，不住地说："好样的，玛利!好样的，玛利!"在场的人都被她们深深地感动了，好多人眼中都噙满了泪水。

侍者送来了酒，居里夫人拿起一杯酒，递给斯克罗斯，然后转身对众人说;"尊敬的主人，尊敬的来宾们，我提议，为斯克罗斯校长干杯!是她教育我要用自己的大脑去思考，要真诚、勇敢地面对生活!"

"干杯!"

"干杯!"

玛丽·居里对老师的尊敬和爱戴感染了在场的每一个人，大家纷纷举起酒杯，宴会的气氛达到了高潮。

"新松高于旧竹枝，全凭老干来扶持。"我们的成绩是和老师的辛勤哺育分不开的，所以我们要尊敬我们的师长。

即使将来退去学生的稚气，握住了成功的奖杯，也不要忘记开启你智慧的恩师，是他们用汗水和青春浇灌了你渴求知识的心田。

宽容的丘吉尔

丘吉尔在退出政坛后,有一次骑着一辆脚踏车在路上闲逛。这时,有一位女士也骑着脚踏车,从另一个方向急驶而来,由于她刹不住车,两人撞到了一块儿。

"你这个糟老头到底会不会骑车?"那位女士破口大骂,"骑车不长眼睛吗?……"

"对不起!对不起!我还不太会骑车。"丘吉尔对那位女士的毫不客气并不介意,还不断地向对方道歉,"看来你已经学会很久了,对不对?"

女士的气立刻消了一半,再仔细一看,他竟然是伟大的首相,立刻羞愧地说道:"不……不……你知道吗?我是半分钟之前才学会的……教我骑的就是阁下。"

几分容忍,几分度量,终必能化干戈为玉帛。丘吉尔的智慧确实令人惊叹,然而更令人敬佩的是他那宽以待人的风度。他宽恕了别人,也为自己创造了一个融洽的人际环境。

不计一时之利,不争一时之气,是人生的大智慧。给人一个台阶,让他顺势走下去,赢得的感激远远超过怒目而视和恶语相向。如果你始终能宽容别人,那你就能得到更多的拥护。

独木桥上的两只羊

森林中有一条河流,河水湍急,不停地打着漩涡,奔向远方。河上有一座独木桥,窄得每次只能容一人通过。

某日,东山上的羊想到西山上去采草莓,而西山的羊想到东山上去采橡果,结果两只羊同时上了桥,到了桥中心,彼此碰到了,谁也走不过去,僵持了很长时间。

东山的羊见西山的羊丝毫没有退让之意,便冷冷地说道:"喂,你长眼了没有,没见我要去西山吗?"

"我看是你没长眼吧,要不,怎么会挡我的道?"西山的羊反唇相讥。

于是,两只羊互不相让地开始了一场决斗……

"扑通!"两只羊失足,同时落入了河水中。

森林里安静下来,两只羊跌入河中被淹死了,尸体很快就被河水冲走了。

狭路相逢"退"者胜。退,不是怯懦,而是一种智慧。

懂得谦让的人,其实是为自己让路。故事中的两只羊因争强好胜,互不相让,为逞一时之勇,最终却落得个两败俱伤的下场。

其实,这样的悲剧本来是可以避免的,只要有一只羊后退到桥头,等另一只先过,两只羊便相安无事了。可悲的是,它们没这样想,更没这样去做,它们心胸狭窄,不懂得宽容和忍让,最终都葬身河底。

你也许会认为谦让是一种怯懦,而对此不屑一顾,果真如此,那你就大错特错了。你可以擦亮眼睛看看周围,那些争强好胜者,他们不会因"争"而事事顺利,相反,"争"会让他们处处碰壁。而不懂得谦让所带来的恶果,有时是当事者自己都难以预料的,当这一恶果发生时,他们只能后悔莫及。

当然,我们并不主张凡事皆"谦让",因为谦让虽然是一种崇高的美德,但谦让也要掌握分寸。对于一个贪婪的人,我们无须过分谦让,因为你谦让他,他就会得寸进尺,这样一来,不但帮不了他,也会使自己受损。而且,倘若凡事皆谦让,可能会使你变得怯懦,丧失很多进取的机会。因此,谦让也要讲原则,它是一种手段与方法,而不是目的与结果。

当你学会理性地谦让时,在人生之路上你就能进退自如了。

要心怀坦荡,宽以待人,就必须做到互谅、互让、互敬、互爱。人都是有感情和尊严的,既需要他人的体谅,又有义务体谅他人。有了相互之间的谅解,就能清心降火,在任何情况下,都能保持平静的心境。

狮子当经理

　　动物王国的某公司里，狮子经理上任的第一天，便把前任经理的秘书斑马小姐叫到办公室，说："你本身就够胖的，还成天穿着花条纹衣服，一点气质都没有，这样下去有损我们公司的形象。如果你还想当办公室秘书，就得换身衣服来上班。"

　　"可是，我……"斑马小姐刚开口解释，狮子经理便恼怒地一挥手，斑马小姐只好含泪离开了办公室。

　　狮子又叫来业务员黄鼠狼，并对它说："你是业务骨干，为了体面地面对客户，从今天起，你不准放臭屁。"

　　"可是，我……"黄鼠狼刚要解释，狮子经理不耐烦地一挥手，黄鼠狼只好委屈地离开了办公室。

　　狮子又叫来会计野猪，嫌它獠牙太长。

　　第二天，狮子刚走进公司大门，发现公司里冷冷清清。原来，公司的员工集体辞职不干了。

　　狮子经理的无端指责，不但没有获得它所想要的效果，反而因树敌太多，大家都离开了它，使它成了"孤家寡人"。

　　要记住狮子的教训，无论是在学校里还是在工作岗位上，都不要轻易地指责他人。

　　俗话说："多个朋友多条道，多个敌人多堵墙。"树敌过多，就会寸步难行。即使是正常的工作，也会遇到种种不必要的麻烦。

　　因此。绝不要去指责别人。指责是对别人自尊心的一种伤害。人往往有这样一个特点，无论自己多么不对，他都宁愿自责而不希望别人去指责他。绝大多数人都是如此。指责不仅会使你得罪对方，而且对方也必然会在一定的时候指责你。

　　在生活中，你一定得牢记：凡是无关紧要的是非之争，要多给对方以取胜的机会，适当容纳他人的缺点与错误不仅可以避免树敌，而且还会给自己赢得更多成功的机会。

　　学会接纳他人,容忍他人的缺点,是人生的一门重要课程,它有助于提高你的人格魅力。因此,树敌不如交友,批评不如赞扬,只要你懂得包容,不得理不饶人,就有更多的人乐于与你交往。这一点,对你成功做事、做人是很重要的。

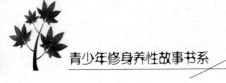

该记住的和该忘却的

有一次，一位作家和两位朋友阿尔、马修一同出外旅行。

三人行经一处山崖时，马修失足滑落，眼看就要丧命，机灵的阿尔拼命拉住了他的衣襟，将他救起。

为了永远记住这一恩德，动情的马修在附近的大石头上，用力镌刻下这样一行字："某年某月某日，阿尔救了马修一命。"

三人继续前进，几日后来到河边。可能因为长途旅行疲劳的缘故，阿尔与马修为了一件小事吵了起来，阿尔一气之下打了马修一耳光。

马修被打得眼冒金星，但他没有还手，而是一口气跑到了沙滩上，在沙滩上写下一行字："某年某月某日，阿尔打了马修一记耳光。"

旅行很快结束了。回到家乡，作家怀着好奇心问马修："你为什么要把阿尔救你的事刻在石头上，而把他打你耳光的事写在沙滩上？"

马修平静地回答："我将永远感激并永远记住阿尔救过我的命，至于他打我的事，就让我心中一时激起的怨恨随着沙滩上的字迹消失得一干二净。"

每个人都有弱点与缺陷，都可能犯下这样那样的错误。不要太计较，只有做到了宽以待人、豁达对事，才能活得坦荡轻松。

记着别人对自己的恩典，忘掉别人对自己的伤害，这就是最大的宽容。生活中，我们都应该用爱和感激来代替仇恨，化解积怨。

曼德拉的博大胸襟

　　曼德拉因为领导反对白人种族隔离的政策而入狱，白人统治者把他关在荒凉的大西洋小岛罗本岛上 27 年。当时曼德拉年事已高，但白人统治者依然像对待年轻犯人一样对他进行残酷的虐待。

　　罗本岛上布满岩石，到处是海豹、蛇和其他动物。曼德拉被关在总集中营一个"锌皮房"，白天打石头，将采石场的大石块碎成石料。他有时要下到冰冷的海水里捞海带；有时干采石灰的活儿——每天早晨排队到采石场，然后被解开脚镣，在一个很大的石灰石场里，用尖镐和铁锹挖石灰石。因为曼德拉是要犯，看守他的就有 3 人。他们对他并不友好，总是寻找各种理由虐待他。

　　谁也没有想到，1991 年曼德拉出狱当选总统以后，他在就职典礼上的一个举动震惊了整个世界。

　　总统就职仪式开始后，曼德拉起身致辞，欢迎来宾。他依次介绍了来自世界各国的政要，然后他说，能接待这么多尊贵的客人，他深感荣幸，但他最高兴的是，当初在罗本岛监狱看守他的 3 名狱警也能到场。随即他邀请他们起身，并把他们介绍给大家。

　　曼德拉的博大胸襟和宽容精神，令那些残酷虐待了他 27 年的白人汗颜，也让所有到场的人肃然起敬。看着年迈的曼德拉缓缓站起，恭敬地向 3 个曾关押他的看守致敬，在场的所有来宾都静下来了。

　　后来，曼德拉向朋友们解释说，自己年轻时性子很急，脾气暴躁，正是狱中生活使他学会了控制情绪，因此才活了下来。牢狱岁月给了他时间与激励，也使他学会了如何处理自己遭遇的痛苦。他说，感恩与宽容常常源自痛苦与磨难，必须通过极强的毅力来训练。

　　人生就像是一块肥沃的土地，它既能种植希望和成功，也可以播种仇恨。但是，万不可在人生中播撒仇恨的种子。生活的经验告诉我们，不管我们的理由是什么，怀恨总是不值得的，它只会像污染我们血液的毒素一样，影响、侵蚀我们的生命。

宽容的至高境界

宽容是一种修养,是一种境界,是一种美德。生活需要宽容,就像人生需要明媚灿烂的阳光一样。拥有一份宽容,我们就能正视师长的严厉,谅解亲朋的疏忽,善待别人的错误,甚至能宽容仇人的伤害。

有这样一个故事:

一个夜晚,在美国东海岸的一个城市里,有位韩国留学生在去寄信的路上被 11 个不良少年围攻,拳打脚踢揍了一顿。在救护车来到之前,他就停止了呼吸。2 天之内,这 11 个不良少年陆续被逮捕。社会大众都要求严惩他们,媒体也呼吁对他们进行最严厉的惩罚。

后来,死者的家长寄来一封信,要求尽可能减轻对这些少年的责罚,并捐献一笔基金,作为这一群孩子出狱后重新生活及进行社会辅导的费用。

他不愿仇恨这些少年,他只希望这些少年从残暴、粗鲁、野蛮和病态的虐待性格中获得新生。

无独有偶,在意大利也曾发生过类似的事。

1994 年 9 月的一天,在意大利境内的一条高速公路上,一对美国夫妇带着 7 岁的儿子尼古拉斯·格林正驾车驶向一个旅游胜地。突然,一辆菲亚特轿车超过他们,车窗内伸出几支枪,一阵射击之后,他们的儿子中弹身亡。

这对夫妇本该痛恨这个国家,因为在这块土地上他们失去了爱子。可是,他们在悲痛欲绝的同时,做出一个令人震惊的决定:把儿子的健康器官捐献给意大利人!

在意大利,自愿捐献器官的很罕见。一个 15 岁的少年接受了尼古拉斯的心脏,一个 19 岁的少女得到了他的肝,一个 20 岁的女孩换上了他的胃,另外 2 个孩子分别得到了他的 2 个肾。5 个意大利人在这份生命的馈赠中得救了。

1994 年 10 月 4 日,意大利总统斯卡尔法罗将一枚金质奖章授予这对美国夫妇,对他们容纳百川的胸怀以及悲世怜人的情操,还有以德报怨的人生境界表示钦佩。

中年丧子是人生的一大悲剧,这两对夫妇没有把丧子这剜心之痛化为仇恨,反而用宽容之心拯救犯罪的少年,用关爱之心挽救别人的生命,他们企盼人间多一份平和、安宁和幸福。

他们的善举乃是宽容的至高境界,让世人敬佩。

宽恕给自己带来深切痛苦的人,是对自己心灵的净化,也是对他人灵魂的拯救。只有怀有宽容之心,才能使人间多一份平和与安宁。

在犹太人的《圣经》中有一则约瑟夫接纳他的哥哥的传说。

约瑟夫是雅各的第十一子,遭兄长嫉妒,在年少时他被卖往埃及为奴,后来做了宰相。

有一年因为饥荒,他的哥哥们到埃及来寻求食物,约瑟夫见到了兄长。

当约瑟夫发现自己的哥哥们时,在众多仆人面前终于控制不住自己,他大声叫起来:"所有的仆人都走吧!"

众仆人都离开了,这时约瑟夫对哥哥们说:"我是约瑟夫,我的父亲还好吗?"

他的哥哥们无法回答,一个个都目瞪口呆了。

接着,约瑟夫又对哥哥们说:"走近些。"

当他们走近,他说:"我是你们的兄弟约瑟夫,你们曾经把我卖到埃及。"兄长们还是不敢相信。他们看着眼前的弟弟如此威风、如此荣耀,更是吓得说不出话来。但是约瑟夫却说:"现在,你们不要因为把我卖到这里而感到难过,或谴责自己,那是上帝为了救我的命把我早些送来的。老家发生饥荒已经 2 年了,接下来还有 5 年时间所有的土地将颗粒无收。上帝把我早些送过来,是为了让我们继续存活,以特殊的方式搭救我们的性命。所以是上帝而不是你们把我送到这儿来的,他使我成为巨大财产的主人,整个埃及的统治者。"

约瑟夫把自己少年的苦难看成是上帝救自己的命的行为,其实是一种宽以待人、化敌为友的为人处世之道。

对整个人类充满爱心而去真诚爱护每一个人,这是千百年来人类总结出来的处世智慧。

对待敌人能用爱心去宽恕,对待朋友能用真诚去回报,你方能成为最强大的人。最强大的人是那些能够化敌为友的人。

谅解和接受曾经伤害过你的人,才是最好的待人之道,这样才能得到希望中的

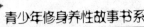

回报。

　　"宽以待人"既是一种待人接物的态度,也是一种高尚的道德品质,它能够化解人和人之间的许多矛盾,增强人和人之间的友好情感。一个人如果能够拥有"宽以待人"的优良品德,就可以在同他人的相处中,严格要求自己,宽恕地善待他人,不断提高自己的思想境界,使自己成为一个道德高尚的人。

放鱼归湖

在奥普多湖的中心岛上,一个 11 岁的男孩常常坐在他家小屋前的码头旁静心于湖中垂钓。

在开禁钓鲈鱼的前一天晚上,他和父亲很早就来到了湖边,撒出蛆虫来诱钓鲈鱼和翻车鱼。孩子把银白色小饵食穿在鱼钩上掷入湖中。在落日的余晖里,鱼钩激起阵阵涟漪,水波又随着月亮的照射,荡漾起圈圈银光。

当鱼竿被有力地牵动时,孩子明白水底下有个大东西上钩了。父亲在一旁赞赏地看着儿子敏捷纯熟地沿着码头慢慢收钩。

孩子小心翼翼,终于把一条筋疲力尽的大鱼提出了水面。呵!这是他见到过的最大的一条鱼!而且是条鲈鱼。

父子俩兴奋异常地瞧着这尾大鱼,月光下隐约可见鱼鳃还在翕动呢!父亲划根火柴看看手表,整 10 点——离开禁时间还差 2 小时。

父亲看看鲈鱼,又看看儿子,终于说:"孩子,你必须把鱼放回湖里去。"

"爸爸!"儿子不禁叫了起来。

"我们还能钓到其他的鱼。"

"哪里能钓得到这么大的一条!"儿子大声嚷着。

与此同时,孩子举目环视,月光下见不着任何钓鱼人和捕鱼船,他又眼巴巴地盯住了父亲。尽管此时此刻没有任何人看见他们,也不会有谁知道他是什么时候钓到这条鱼的,但是从父亲坚定的语调里,孩子明白父亲的决定毫无通融的余地。他只好慢慢从大鲈鱼口中拔出鱼钩,将它放回深深的湖里。鲈鱼扑腾扑腾摆动了一下,它壮实的躯体便消失得无影无踪了。儿子满腹惆怅,他想他再也不会钓到这么大的鱼了。

事情过去几十年了,现在那孩子已成为纽约一位功成名就的建筑师。他父亲的小屋仍然伫立在湖心小岛上,而今已为人父的他也常带着自己的儿女到当年的码

头来领略钓鱼的情趣。

他没有说错,他再也没有钓到过那天晚上那么大的鱼。然而,在现实生活的为人处世中,每当遇到有悖于良心道德的事情时,他眼前总是会一次又一次地浮现出那条难忘的大鲈鱼。

正如他父亲所教诲他的:伦理道德其实是正确与错误的简单事情,难就难在真正做到有道德,尤其当人们独处的时候,很难做到正派为人。在没有人监督的情况下,放鱼归湖是一种境界,是一种高尚的境界,能否时刻遵守内心正直的道德底线将成为考验我们人格的试金石。在既漫长又短暂的一生中,请时刻牢记:为人不做亏心事!因为,在你的心底,有一双正直的眼睛在看着你。

正直的海瑞

　　海瑞，我国历史上著名的清官和政治实干家，被人们称为"南包公"、"海青天"。

　　海瑞是明朝人，在他任淳安县县令时，一天，县驿站来了一帮不速之客，为首的声称自己是总督大人的公子，张口要马、要料。驿吏要他们按规矩出示驿票，这些人不但不听，还把驿吏捆吊起来毒打，然后抢了东西扬长而去。

　　海瑞接到报案，立即吩咐手下将这帮公子哥捉拿归案。结果，不但把他们捉住，还缴获了几箱财宝和一些信函。从这些信函得知，为首的确是总督大人的公子。海瑞急中生智，"断定"这帮人是流氓强盗，假借总督大人的名义作乱，下令将几箱财宝全部充公，并将"犯人"押解给总督处置。总督只能哑巴吃黄连，有苦说不出。

　　当时，明世宗沉溺于酒色，一心只想寻找长生不老药，而朝廷上下无人敢谏。海瑞视死如归，自备棺木，上奏一本《治安疏》，结果锒铛入狱。世宗死后，海瑞才官复原职。

　　作为未来社会的顶梁柱，青少年更需要这种正直的性格，不能随波逐流。

　　正直的人都是抗震的，似乎有一种内在的平静，使他们能够经受住挫折甚至是不公平的待遇。亚伯拉罕·林肯在1858年参加参议院竞选活动时，他的朋友警告他不要发表演讲。但是林肯答道："如果命里注定我会因为这次讲话而落选的话，那么就让我伴随着真理落选吧！"他是坦然的。他确实落选了，但是两年之后，他竞选成功，当上了美国总统。

　　正直，在具备它的人眼中，是一剂镇定药。在正直的人心里，从来都不缺乏平静的力量。正是这股强大的力量，支持着他们坚守原则，为正义而奋斗。

棋品和人品

唐朝元和年间,东都留守名叫吕元应。他酷爱下棋,养有一批下棋的食客。

吕元应常与食客下棋。谁若能赢他一盘,出入可配备车马;若赢两盘,可携儿带女来门下投宿就食。

有一日,吕元应在院亭的石桌旁与食客下棋。激战犹酣之际,卫士送来一叠公文,要吕元应立即处理,吕元应便拿起笔准备批复。下棋的食客见他低头批文,以为他不会注意棋局,迅速地偷换了一子。哪知,食客这个小动作被吕元应看得一清二楚。他批复完文件后,不动声色地继续与门客下棋,食客最后胜了这盘棋。食客回到住房后,心里一阵欢喜,企望着吕元应给自己的奖励。

第二天,吕元应携来许多礼品,请这位食客另投门第。其他食客不明其中缘由,很是诧异。

十几年后,吕元应弥留之际,他把儿子、侄子叫到身边,谈起这回下棋的事,说:"他偷换了一个棋子,我倒不介意,但由此可见他品质卑劣、不可深交。你们一定要记住,交朋友要慎重。"他积累多年人生经验,深觉棋品与人品密不可分。

小事反映出人的品德。在日常生活中,不管是严肃的正式场合,还是轻松的非正式场合,你的一言一行都是别人衡量你人品的尺码,你应该时刻谨小慎微地恪守正直之道。

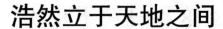

浩然立于天地之间

汉朝有位名叫周昌的开国重臣。这个人性情豪爽、气力过人,并且直言不讳。当时,朝中许多地位显赫的大臣,如萧何、曹参等人,对他都非常敬畏,大汉皇帝刘邦对他也极为赏识。

有一天,周昌有一件特别重要的事情需要马上向刘邦禀报。而此时正是刘邦用膳的时间,周昌也没多想,就直接赶往刘邦用膳的地方。他刚走进院门,就听见从里面传出阵阵音乐声,中间还夹杂着女子和刘邦的调笑声。原来,刘邦正在跟自己最宠爱的妃子一边吃饭,一边观赏歌舞。

刘邦一抬头,看见周昌突然闯了进来,心中不免有些吃惊,但他马上又镇静下来,因为自己毕竟是皇帝,周昌只是一个大臣,能把自己怎样?再说自己堂堂天子,也不能在妃子面前丢了脸面呀!想到这里,他就像没有看到刚刚进来的周昌似的,继续娱乐。周昌见刘邦对自己很不礼貌,心里非常生气,再加上事情紧急,性子耿直的他就冲刘邦嚷道:"想不到皇上竟是个败国的君主!"说完,也不行君臣之礼,转身就往外走去。

刘邦听了这话,不由大怒,他哪听过别人这样说自己,顿时顾不上自己的尊严和身份,立刻追了上去,一下就把周昌推倒在地,然后上前骑在他的脖子上,声色俱厉地问道:"你给我说清楚,朕到底是什么样的君主?"

"跟桀、纣一样的昏庸无道!"周昌毫不退让,大声回答。

刘邦见周昌态度如此坚决,一时间反倒哈哈大笑起来,然后说:"周昌啊,周昌,朕拿你真是没办法啊!"说着,他把周昌从地上扶起来,并挽着他的胳膊请他进屋,然后很认真地听他汇报。

从那以后,刘邦在周昌面前总是一本正经的,再也不像以前那样了。那些有点小过错、小毛病的大臣,对周昌更加害怕了。周昌以自己的正直和胆识,深得皇帝信赖,也为汉朝的兴盛立下了不朽的功勋。

正直是把利剑,拥有它的人不惧怕权势威逼,不惮于小人的卑劣。正直的人自有一股正气,浩然矗立于天地之间。

这不是属于我的

几年前，钱先生来到世界闻名的高科技区"硅谷"——美国加州的圣何塞市。

钱先生抵达加州之后，发现加州的气候得天独厚。这里空气清新，阳光明媚，四季温暖如春，到处是鲜花绿草，他觉得自己仿佛走进了一个无边无际的花园之中。

一天，钱先生正在随意漫步，忽然觉得眼前一亮，人行道上种的是一株株橘子树，沉甸甸、黄澄澄的橘子挤满了枝头。这里的花旗蜜橘是世界闻名的鲜果，今天，见到这种浑圆结实、果皮上闪着油光的橘子，钱先生感到非常高兴。突然，他想到这样一个问题：这些橘子已经成熟了，怎么还长在树上？是因为它酸，所以没有人采吗？他决定问个清楚。

钱先生沿着橘子树来回足足兜了半小时，无奈无一过往行人，他只好调转方向准备回到住处。这时，他突然见到前方一个背着书包，脚踩旱冰鞋的孩子正奋力而有规律地甩动着双臂朝自己滑来。

钱先生有礼貌地对孩子说："劳驾，孩子，你能回答我一个问题吗？"

美国孩子大多数是活泼大方不见外的，这个孩子见到有人要他回答问题，马上把旱冰鞋尖向地上一点，来了一个急刹车，说："当然可以。"孩子拿出手帕擦着他布满雀斑的脸上的汗水，说："只要是我知道的。"

"圣何塞的橘子是酸的吗？"钱先生指着橘子树直率地问。

"不。"孩子摇摇头自豪地说，"这里的橘子可甜呐！"

"那你们为什么不采？"钱先生指着一只熟透的橘子说，"让它掉在地上烂掉多可惜。"

"对不起，先生，我该怎么回答你提出的问题呢？"孩子摊摊手，耸耸肩笑着对他说，"我为什么要吃路边的橘子呢？它不是属于我的。"

孩子说着和钱先生挥手道别，又开始有规律地甩动双臂向远处滑去。

"这不是属于我的。"望着早已远去的孩子的背影，钱先生寻思着这句简单朴

石头与陶罐

素,但又蕴藏了丰富寓意的语言,感触颇深。

　　"这不是属于我的。"然而,正直却可以属于你。在每个人的生活中没有那么多的大是大非,一句朴素的话语、一个看似简单平凡的行为,都有可能包含着对正直的理解与恪守。很多时候,高贵的品质就体现在平凡的小事上。

无可奉告

小城中最大的一家外商独资企业招聘一名技术人员的消息不胫而走：月工资5000元，奖金除外，每年还可以到大洋彼岸观光一次。报考者蜂拥而至。

阳光炽热，树上的叶儿蔫头耷脑。

高工坐在闷罐似的考场里，蒸腾的暑气加上燥热的心情，使他大汗淋漓。面对考题，他并不怵，外文、专业技术类考题都答得十分圆满，唯有第二张考卷的两道怪题令他头疼："您所在的企业或曾任职过的企业经营成功的诀窍是什么？技术秘密是什么？"

这类题对于曾在企业搞过技术的应考者并不难，可高工手中的笔却始终高悬着，捏来攥去，迟迟落不下去。多年的职业道德在约束着他：厂里的数百名职工，还在惨淡经营，我怎能为了自己而砸大家的饭碗呢？

他心中似翻江倒海，毅然挥笔在考卷上，写下四个大字："无可奉告。"

高工拖着沉重的步子向家走去。进门后，妻子一再追问，他才道出了答题的苦衷，全家人默默无语。

正当高工连日奔波，另谋职业之际，石破天惊，外商独资企业发来了录用通知。高工技压群雄，白卷夺冠，成为小城一大新闻。

正直之所以难以坚守，就是因为它往往要与人性中根深蒂固的某些东西做斗争，比如贪欲，比如自私。战胜了人性中的弱点，也就战胜了自己，你也将更自在地在人生路上纵横驰骋。

公正让我别无选择

在世界级的竞技比赛中,人们往往只对最终的夺冠赛记忆深刻。但在上海举办的世乒赛中,却有一场比赛令人难以忘怀,那只是一场淘汰赛,中国选手刘国正对德国选手波尔,胜者进入下一轮比赛,负者只能打道回府。

这是一场两强的对决,一时难分胜负。在第七局也就是决胜局里,刘国正以 12 比 13 落后,再输一分就将被淘汰。就是这关键的一分,刘国正的一个回球偏偏出界了!观众们都屏住了呼吸,不敢相信眼前的一切,刘国正自己好像也蒙了,愣愣地站在那里,波尔的教练已经开始起立狂欢,准备冲进场内拥抱自己的弟子。

就在这一瞬间,波尔却优雅地伸手示意,指向台边——这是个擦边球,应该是刘国正得分。

就这样,刘国正被对手从悬崖边"救"了回来,而且最终反败为胜。

这是一场足以震撼世人的经典之战!不仅是因为双方选手的高超球艺,更因为波尔在关键时刻的那个优雅手势。

对于波尔来说,夺取世界冠军是他的夙愿,但却屡屡失之交臂。这一次,只要赢了那一分,他就可顺利晋级,便又向自己的梦想靠近了一步,而且这个球是否擦边观众根本看不到,对手也看不太清楚,即便是裁判也可能误判。

但是,波尔却毫不犹豫地选择了主动示意。波尔失利了,但同时赢得了异国观众雷鸣般的掌声和世人的尊重。

赛后,记者们追问他为何要这么做。他只是轻描淡写地说了句:"公正让我别无选择。"

人生就如一场竞技比赛,只有拥有良好的品德,严格遵守赛场规则,才能真真正正地在比赛中获胜。失掉了正直的品德,就注定成为人生赛场上的一名败将。

祖逖闻鸡起舞

西晋时期,统治阶级极其腐败。北方匈奴乘机入侵,消灭了晋军主力,攻陷了晋都洛阳,俘虏了晋愍帝。

匈奴对晋愍帝百般羞辱,叫晋愍帝身穿奴才的服装,宴会时为匈奴贵族端茶倒酒,打猎时命令他充当猎犬,在马队前奔跑,追捕猎物。晋愍帝受尽了匈奴的奚落与侮辱,最后还被匈奴杀掉了。西晋皇帝的命运尚且如此,普通百姓的痛苦就可想而知了!这时,一位名叫祖逖的爱国志士,发誓要为国家报仇雪恨。他与好友刘琨住在一起,每天深夜,刚听到鸡鸣,两人就出屋练剑。在皎洁的月光下,两位热血青年身姿矫健、比翼对舞,直到皓月西沉、东方发白才收剑回屋。多少年来,他们一直"闻鸡起舞",无论酷暑严冬、刮风下雨,从不间断。就这样,他们练就了高强的武艺,磨砺了坚定的意志。公元317年,司马睿在建康(今南京市)建立了东晋政权,史称晋元帝。东晋朝廷满足于在江南占有的一席之地,并没有收复失陷的国土的意图。祖逖为此十分焦虑,专程从沦陷区赶到建康求见司马睿,要求领兵北伐,收复中原。

司马睿不好拒绝祖逖的要求,就任命祖逖为豫州刺史,却不给他一兵一卒,只拨给他1000人的粮食和3000匹布,要他自己招兵买马,建立军队。

虽然朝廷不全力支持,可祖逖并没有放弃北伐的决心。他带着几百名志愿北伐的壮士,渡江北上。船到江心,祖逖敲着船桨,大声地发誓:"北伐如不成功,我祖逖绝不再踏入这条大江。"随行的人听了祖逖的豪言壮语,一个个热血沸腾。

过了江以后,祖逖一边召集人马,打造兵器,一边与敌人作战。中原的老百姓给他们送去了粮食和马草。这样,祖逖很快就收复了黄河以南的大部分土地。

祖逖闻鸡起舞,坚持不辍。这种坚定的意志正是从坚定的民族气节中来,从伟大的爱国主义情操和伟大的个人理想追求中来。"将军百战穿金甲,不破楼兰誓不还!"我们只有培养起远大的理想,才能产生强大的动力,才能成就伟大的事业。

苏武牧羊

公元前 100 年，匈奴单于派使者来求和，为了表示善意，苏武作为汉朝使者，手执象征朝廷的旌节，出使匈奴。到了匈奴，苏武并没有得到单于的善待，不仅如此，单于还派了一个投降了匈奴的汉将卫律来劝苏武投降。苏武不肯投降，要拔刀自刎，幸亏卫律手快，阻止了他。单于钦佩苏武，觉得他是个有气节的好汉。

待苏武的伤势好转后，不死心的单于又派卫律来劝苏武降服匈奴。卫律软硬兼施，想尽了一切办法来劝他投降，但苏武软硬不吃，绝不投降，还大骂卫律是背叛朝廷、忘恩负义的小人。卫律百般无奈，只好向单于报告。单于听后，对苏武更加佩服，同时亦想尽办法逼苏武投降。他把苏武投入地窖，不给食物，过了几天，单于见苏武不为所惧，又施一计，把他放出来，要封他为王，苏武还是不从。单于没有办法，只得把他送到北海(今俄罗斯贝加尔湖一带)，将他长期流放在那里。

苏武到了北海，当起了牧羊人。没有吃的，他就挖野菜、逮老鼠吃。他孤身一人，做伴的只有那根代表朝廷的旌节和一群羊儿。他白天拿着旌节放羊，晚上抱着旌节睡觉。他相信，迟早有一天能够手执旌节回到自己的祖国。

从此以后，苏武一直在北海牧羊。岁岁年年，那根旌节从未离开过他的手，日子一久，连旌节上的穗子都掉光了。苏武每天就握住这根旌节，遥望着故乡，遥望着父老乡亲。19 年后，汉武帝和单于都先后死去，新即位的汉昭帝和匈奴的新单于又决定修好。到了此时，被长期监禁的苏武才得以回家。

苏武出使的时候刚 40 岁，在匈奴受了 19 年的折磨，回到长安时已经须发皆白了。当他把那根光秃秃的旌节交还给汉昭帝时，所有的人都感动地流下了眼泪，人们都说苏武是一个有气节的男子汉。

也许 19 年在漫漫的历史长河中不过是微不足道的一瞬，然而对于一个人的一生来说，19 年却意味着太多太多。苏武饱受磨难，将 19 年的宝贵年华毫无保留地奉献给了祖国，他这种伟大的民族气节，即使历经千年的风尘，也依然强烈地震撼着我们每一个人的心灵。"天下兴亡，匹夫有责"，当祖国需要我们的时候，我们是否也能赤诚地为祖国奉献出自己的一切呢?

107

民生疾苦自在心

　　杜甫生于公元712年,他的祖籍原是湖北襄樊,后迁居到河南巩县;杜甫的父亲杜闲是个县令,而祖父杜审言却是当时文坛上有名的诗人。因为杜甫出生在书香门第,自幼饱受文化的熏陶,所以知书达理,惹人喜爱。

　　杜甫在祖父的教育和影响下喜欢读书,随着年龄的增长,他的知识日益丰富了起来,十多岁就可以下笔写文章了。他博览群书,总结出了精辟的心得,即"读书破万卷,下笔如有神"。

　　杜甫广泛阅读魏晋南北朝的各种典籍,决心读万卷书、走万里路,到生活中去寻求创作的源泉。他先后游览了吴越、齐赵一带的名山大川,并在游历的过程中写了很多歌颂大好山河和反映劳动人民疾苦的诗篇。公元747年,杜甫赴长安应试,结果因李林甫作梗,未能考中,他也由此滞留长安近十年之久。在长安的这十年中,杜甫经济窘迫,因此逐渐体会到了民间的疾苦,他的诗歌创作也由春花秋月转为抨击社会,写出了诸如《兵车行》、《丽人行》这些反映现实的作品。"安史之乱"爆发后,杜甫一度为叛军俘获,后来他只身逃出,至凤翔谒见肃宗,得以授官"左拾遗"。后杜甫随唐军返回长安,又因仗义执言被贬为华州司功参军。连续数年的战乱,使唐朝的社会生活遭到极大破坏。在颠沛流离中,杜甫深切体会了乱世中百姓的痛苦。这段时期,他写下了大量反映社会现实的作品,如《北征》、《羌村》、"三吏"、"三别"等,这些篇章对战乱造成田园荒芜、人烟灭绝的凄惨景象做了细致的描述,对官吏的凶残进行了深刻的鞭挞。

　　由于对现实的失望,公元759年,杜甫弃官入蜀,在剑南节度使严武的资助下,筑草堂于浣花溪上,并在严武幕中任检校工部员外郎,故世称"杜工部"。在成都,杜甫写下了不少描述田园生活的诗作,但更多的诗作表达了他对祖国衰落、人民不幸的痛惜之情。他为后世留下了许多感人至深、情真意切的诗句,诸如"国破山河在,城春草木深。感时花溅泪,恨别鸟惊心"。

石头与陶罐

　　民族气节不只表现在奋勇杀敌，或为国捐躯上，它还体现在忧国忧民，为祖国的前途伤神、为人民的安乐劳心等平凡事情上。让我们将心态放低，从平常的小事做起，以实际行动表达我们对祖国的一片深情。

英勇报国,不惧生死

邓世昌是广东人,生于1849年。18岁时,他进入福建船政学堂驾驶班学习,后一直在中国海军中工作。邓世昌曾经两次出国学习海军技术,十分精通驾船技艺和海战指挥,是北洋水师中的优秀军官。

1894年9月17日上午,日本海军舰队在黄海突然对中国舰队袭击,一场空前激烈的海战开始了。当时,邓世昌已经是"致远"号的舰长。战斗中,他指挥"致远"号,和战友一起击沉了3艘日本军舰。战斗进行得异常激烈,由于日本军舰速度快、火力猛,北洋舰队逐渐处于劣势。下午3点左右,4艘日本军舰开始对北洋舰队的"定远"号展开围攻。"定远"号是北洋水师指挥整个舰队作战的旗舰,也是北洋舰队中最大、最好的军舰。如果它被击沉了,北洋舰队就会更加危险。

邓世昌十分清楚眼前的处境,命令"致远"号开足马力,前去救援。为了保护"定远"号,邓世昌早已不顾生死,他鼓励大家说:"今天就是战死,也不能失掉北洋舰队的军威,要杀敌报国。"

激战中,"致远"号连续中弹,军舰上到处都是浓烟和大火,船身开始倾斜进水,随时都会沉没。这时,邓世昌发现日本军舰的"吉野"号就在"定远"号前面,如果能把最厉害的"吉野"号打沉,形势就会逆转。

可是,"致远"号上的炮弹已经快用尽了。邓世昌决定和"吉野"号同归于尽,于是以最快的速度向它撞去。

"吉野"号见"致远"号不要命地冲过来,吓得掉头就跑,并用鱼雷攻击"致远"号。邓世昌亲自驾舰,接连躲开了几枚鱼雷,眼看快要撞上"吉野"号了,就在此时,被敌人的一枚鱼雷击中,"轰"的一声,"致远"号被击中,不久就沉没了。

邓世昌掉到海里,他的随从马上把一个救生圈扔给他,可是邓世昌已决心与"致远"号共存亡,没有要救生圈。过了一会儿,北洋舰队的一艘小船开了过来,大家让邓世昌上船,他不同意。这时,邓世昌平时养的心爱的狼狗向他游来,用嘴衔住他的胳膊,往小船上拽他。邓世昌想把它赶走,可狼狗不肯离去。最后,邓世昌只好抱住狼狗,一起在汹涌的波涛之中消失。邓世昌牺牲了,"致远"号上的300多名战士,除7人被救外,其余的也全部壮烈牺牲。

以血肉之躯殉国,不畏惧日本的军威,这使邓世昌的爱国主义精神深深地刻在了读者的心上。中华民族是一个伟大的民族。我们的国家和民族尊严不容践踏,正是这种坚定的民族气节、伟大而又崇高的民族人格,缔造了我们中华民族今日的辉煌与灿烂!

第二颗糖

　　发展心理学里有一个经典实验：实验人员给一些 4 岁小孩子每人 1 颗非常好吃的奶糖，同时告诉孩子们可以吃糖，如果马上吃，只能吃 1 颗；如果等 20 分钟，则能吃 2 颗。有些孩子急不可待，马上把糖吃掉了。另一些孩子却能等待对他们来说是无尽期的 20 分钟，为了使自己耐住性子，他们闭上眼睛不看糖，或头枕双臂、自言自语、唱歌，有的甚至睡着了，他们终于吃到了 2 颗糖。在美味的奶糖面前，任何孩子都将经受考验。这个实验用于分析孩子承受延迟满足的能力，所谓的"延迟满足"，就是能够等待自己需要的东西的到来，而不是想到什么就要什么。

　　这个实验后来一直继续下去，他们上中学后，在对这些孩子的父母及教师的追踪调查中发现，那些在 4 岁时能以坚忍换得第二颗软糖的孩子，一般适应性较强，有冒险精神，较讨人喜欢，自信，比较独立；而那些在幼年时就经不起软糖诱惑的孩子则更可能成为孤僻、易受挫、固执的人，他们往往容易屈从于压力并逃避挑战。研究人员在十几年以后再一次考察了当年那些孩子的状况，研究发现，那些能够为获得更多的软糖而等待得更久的孩子要比那些缺乏自制力的孩子更容易获得成功，事业上的表现也较为出色。

　　适时出击的鹰才可以捕捉到自己要的猎物。成功要靠天时地利，当然最重要的因素是你的意志品质，我们明明是跳远却要往后走，然后再助跑，那就是能量积聚的过程，爆发是需要能量的储藏与酝酿的，为了更辉煌的爆发，我们应该用酿酒的耐心来等待，不为眼前的糖所诱惑。人生需要许多力量，而自制力是最可贵的一种，而且是可以自给自足的。

　　自制力弱的人很容易受到外界的干扰，往往会分散自己的精力，或者改变自己的初衷。没有固定的方向，我们就难以到达成功的彼岸。在人生的道路上，抵住诱惑、坚持到最后的人才能摘取冠军的宝石。

路瑟

那个年代的留美学生,暑假打工是唯一能延续求学的办法。

仗着身强体壮,那个暑假我找了份高薪的伐木工作。在科罗拉多州,工头为我安排了一个伙伴——一个壮硕的老黑人,大概有 60 多岁了,大伙儿叫他路瑟。他从不叫我名字,整个夏天,在他那厚唇间,我的名字成了"我的孩子"。

一开始我有些怕他,在无奈中接近了他,却发现在那黝黑的皮肤下,有着一颗温柔而包容的心。

一天早晨,我的额头被撞了个大包,中午时,大拇指又被工具砸伤了,然而在午后的烈日下,仍要挥汗砍伐树枝。他走近我身边,我摇头抱怨:"真是倒霉又痛苦的一天。"他温柔地指了指太阳:"别怕,孩子。再痛苦的一天,那玩意儿总有下山的那一刻。"道理似乎很简单,但不是每个人遇事都能这么达观、明白的,他的精神深深感动了我。还有一次,两个工人不知为什么争吵起来,眼看卷起袖子就要挥拳了,他走过去,在每人耳边喃喃地轻声说了句话,两人便分开了,不久便握了手。我问他施了什么"咒语",他说:"我只是告诉他俩,'你们正好都站在地狱的边缘,快退后一步。'"

午餐时,他总爱夹条长长的面包走过来,叫我掰一段。有一次我不好意思地向他道谢,他耸耸肩笑道:"他们把面包做成长长的一条,我想应该是为了方便与人分享吧。"从此,我常在午餐中,掰一段他长长的面包,填饱了肚子,也温暖了心坎。

伐木工人没事时总爱满嘴粗话,然而他说话总是柔顺而甜美。我问他为什么,他说:"如果人们能学会把白天说的话在夜深人静时再咀嚼一遍,那么他们一定会选些温柔而甜蜜的话说。"

有一天,他拿了一份文件,叫我替他读一读,他咧着嘴对我笑了笑:"我不识字。"我仔细地替他读完文件,顺口问他,不识字的他怎么能懂那么多深奥的道理。老人仰望着天空说道:"孩子,上帝知道不是每个人都识字,除了《圣经》,他也把真

理写在天地之间,你能呼吸,就能读它。"

现在,路瑟也许不在了。我记不得世上曾经有多少伟人,然而我却永远忘不了路瑟。

你有没有虚度此生

那个星期天是一个寒冷的冬日。教堂的停车场很快就停满了汽车。当我走出我的汽车时,我注意到我的教友们正一边向教堂走去,一边低声议论着什么。当我走近时,看见一个男人正斜靠着教堂外面的墙壁躺在地上,好像睡着了似的。他上身穿着一件几乎已经破成碎片的军用防水短上衣,头上戴一顶破帽子,那顶帽子被拉下来遮住了他的脸;他的脚上穿着一双看起来差不多有30年历史的旧鞋子,而且对他来说,那双鞋子也太小了,上面还布满了破洞,他的脚趾头都露在了外面。

我猜这个男人是一个无家可归的流浪汉。我继续朝前走,进了教堂。我和我的教友们寒暄了一会儿,然后,有人提到了那个正躺在外面的男人。人们窃笑着,闲谈着,但是没有一个人请他进到教堂里来,包括我。过了一会儿,讲道开始了。我们全都等着牧师走到讲坛上去给我们讲道。就在那时,教堂的门开了。

进来的不是别人,正是那个无家可归的流浪汉。他低着头沿着走廊向前面走去。人们屏着气,低声议论着,做着鬼脸。他步履蹒跚地走过走廊,登上讲道坛,脱掉了他的帽子和上衣。我的心沉了下去。前面站着的正是我们的牧师——那个"无家可归的流浪汉"。没有人说话。牧师拿出他的《圣经》,放到讲台上。"教友们,我想,不用我说,你们也知道我今天要讲什么内容了吧!"然后,他就开始唱下面这首歌:"如果在我经过的时候,我能帮助别人,如果我能用一个字或者一首歌鼓励别人,如果我能在别人犯错的时候为他指出来,那我就没有虚度此生。"

奉献爱心不是用一句空话就可以实现的,而要落实到实际的行动中,哪怕只是一个简单的微笑,那也是发自内心的馈赠。帮助你身边需要帮助的人,才会更充实愉快地享受生命带给你的美丽。

一杯暖暖的冰红茶

在我家旁边新开了一家海鲜自助餐厅,朋友邀请我和妻子一起去品尝。

这家餐厅地点适中,停车位宽敞,装潢气派,菜的味道也相当不错,大家都深深感到来对了地方。

没有多久,我的手机响了。原来,我担任顾问的一家公司的董事长有急事找我,因他也在餐厅附近,就请他前来分享。

不久他来了,他一坐下,服务小姐立刻走过来,拿起账单说:"现在是5位,多了1位。"新来的朋友立刻说:"不必了,我已用过餐,跟廖教授聊一会儿就走。"

小姐听了,立刻收起笑脸,告诉他:"那你不能吃喔,只要吃一点点,我们马上算你一份。"然后扭头就走。

我这位朋友非常尴尬,倒是做东的朋友赶紧打圆场说:"吃吧,吃吧,算在我的账上。"

小姐的言语举止,严重破坏了原来美好的气氛,没坐一会儿,我们就离开了。事隔数月,我再没有去过这家餐厅,也没有再次光临的打算。

2个月前,我有事赴美,在俄亥俄州的哥伦布市稍作停留,在那里留学的儿子带我与妻子到一家自助餐厅用餐。

坐定不久,儿子的同学从窗外走过,看见我们,就走进来打个招呼。他告诉服务小姐已用过餐,小姐微微一笑,片刻后就送来一杯冰红茶给他,这让我们很感动,霎时觉得这间不大的餐厅里充满了浓浓的亲情。我相信这位同学一定会成为这家餐厅最忠实的顾客。

回国许久,我还在不断地品味那一小杯冰红茶飘来的温情。其实,我们不经意间的一个小小善举,往往会让他人感动不已,甚至铭记终生。

两种不同的服务态度,一种让人尴尬不已,一种让人温暖无限。其实,只要人人心中多一分理解和关爱,生活就会更轻松,每个人就会生活在温暖和感动之中。

沉默是金

　　他念初三,隔着窄窄的过道,同排坐着一个女生,她的名字非常特别,叫冷月。冷月是个任性的女孩,白衣素裙,下巴抬得高高的,有点拒人千里。

　　冷月轻易不同人交往,有一次他将书包甩上肩时动作过火了,把她漂亮的铅笔盒打落在地,她拧起眉毛望着不知所措的他,但终于抿着嘴没说一句不中听的话。

　　他对她的沉默心存感激。

　　不久,冷月住院了,据说她患了肺炎。他看着过道那边的空座位上的纸屑,便悄悄地捡去扔了。

　　男生的父亲是肿瘤医院的主治医生,有一天回来就问儿子认不认识一个叫冷月的女孩,还说她得了不治之症,连手术都无法做了,唯有等待,等待那最可怕的结局。

　　以后,男生每天都把冷月的空座位擦拭一遍,但他没有对任何人吐露这件事。

　　3个月后,冷月来上学了,仍是白衣素裙,但是脸色苍白。班里没有人知道真相,连冷月本人也以为是肺炎。她患的是绝症,而她又是一个忧郁脆弱的女孩,她的父母把她送回学校,是为了让她安然度过最后的日子。

　　男生变了,他常常主动与冷月说话,在她脸色格外苍白时为她打来热水;在她偶尔唱一支歌时为她热烈鼓掌;还有一次,听说她生日,他买来贺卡,动员全班同学在卡上签名。

　　大家纷纷议论,相互挤眉弄眼说他是冷月最忠实的骑士,冷月得知后躲着他。可他一如既往,缄口为贵,没有向任何人吐露一点风声,因为那消息若是传到冷月耳里,准是杀伤力很大的一把利刃。

　　这期间,冷月高烧过几次,忽而住院,忽而来学校,但她的座位始终被擦拭得一尘不染,大家渐渐也习惯了他对冷月异乎寻常的关切以及温情。

　　直到有一天,奇迹发生了。冷月体内的癌细胞突然找不到了,医生给她新开了

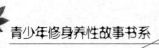

痊愈的诊断,说是高烧在非常偶然的情况下会杀伤癌细胞,这种概率也许是十万分之一,纯属奇迹。这时,冷月才知道发生的一切,才知道邻桌的他竟是她主治医生的儿子。

冷月给男生写了一张纸条,只有6个字:谢谢你的沉默。男生没有回条子,他想起了以前那件小事上她的沉默……

沉默是金,它有时胜过语言的抚慰,让苦痛的心得到最深沉的感动。文中男孩和冷月之间的沉默是一种彼此的尊重和关爱。这份关爱无需言语,因为其中已经装满了他们对彼此的理解。

第十个警察

一大早,交警洛克刚刚值完晚班,正准备开车回家睡觉。忽然从垃圾箱后面跑出个小女孩,说:"我迷路了,您能帮我找到家吗?"

洛克让女孩上车,然后一边慢慢开车一边询问女孩家的电话及父母的姓名。

"我家昨天才搬到这里,还没安电话。我爸爸叫凯特,妈妈叫凯莉,他们都很爱我。"女孩边摆弄着手里的布娃娃边说。

洛克只好带着她在街上转悠。突然,女孩问道:"您爱您的爸爸妈妈吗?"听了孩子的话,洛克脸上有些不自然。

因为他父亲是个吝啬鬼,母亲整天就会唠叨个没完,所以,他一直都不太想回那个家。

女孩似乎看出了洛克的不快,眨着无邪的眼睛说:"为什么会不开心?我永远不会离开我的爸爸妈妈,他们也会爱我一辈子的。"

洛克转好几圈儿了,可女孩还是没有认出自己的家。停下车,洛克买了两份早餐,边吃边跟女孩讲自己的童年趣事。之后,洛克重新发动了汽车:"孩子,跟你聊天我非常开心。可现在我不得不带你去警察局。"当汽车拐过一个街角时,女孩突然抬手一指:"就是这里,这就是我的家……"

洛克抬眼望去,不由得吃惊地张大了嘴——那儿竟是一家孤儿院!女孩下了车,笑了笑:"您是送我回来的第十个警察,谢谢您。"

看到洛克有些不解,女孩笑了:"没什么。我只是想听听别人的童年故事,就这样。"说完,女孩跑向了孤儿院大门。进门的一刹那,她转过身子,举起手中的布娃娃,笑着说:"不过,我并没有说谎。瞧,这个是爸爸凯特,这个是妈妈凯莉。他们永远都不会离开我。"

洛克想要说些什么,但话到嘴边又咽下了。良久,洛克拿起电话:"喂,是我,洛克……不不不,这次我不是向您借钱的。爸爸,我只是问候一下,您和妈妈最近还好

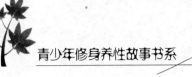

吧……"

　　最普通的人、最朴实的话语、最单纯的情感带给我们的往往是最真实、最真切的感动。这让我们在恍然间发现身边的幸福，从而用心去关爱我们的亲人和朋友。

孩子们，暂停唱歌

初秋，音乐老师带我们去校园旁边的一片小树林练习唱歌。

唱歌前，老师要求我们集中注意力，按照她的手势，各个组掌握好节拍，找到"感觉"，将"效果"体现出来。老师还许诺：如果明天我们班在歌咏比赛上获得第一名，她就给每个同学奖励两颗大白兔奶糖。这个诱惑实在太大了，同学们没有不激动的，个个摩拳擦掌。看着老师的笑脸，跟着她的拍子，卖力地唱。

连续练习三遍，老师越来越满意，不住地夸奖我们。当她要大家休息片刻时，我们竟然纷纷要求继续练习。老师有些感动的样子，说："好吧，这次我们正正规规地'演习'，就按舞台上那样。"

起头，开唱。老师手一抬，我们的声音整齐地汇到一起，声音嘹亮，响遏行云——正唱到动情处，我们忽然发觉老师神色有异，手不动了，两眼望着我们身后的某个地方。

大家注意力分散，歌声顿时弱了、乱了。有人窃窃私语："老师在看什么呀？"大家都回过头……

原来，小树林那边出现一位坐在牛背上的老奶奶。这位奶奶就住在校园附近的村子里，我们偶尔能看见她辛劳的身影。但今天情况不对劲：她似乎在哭，腰弓得像虾米，头昏沉沉地垂在胸前。有同学悄声问："她怎么啦？"没有人知道。

这时，老师轻轻叹了口气："唉……"手垂下来，两眼不再关注我们。有个同学急了："老师，怎么不练习了？"老师这才回过神，摆摆手："孩子们，暂停唱歌。"又有同学问："老师，那个奶奶怎么啦？"老师压低声音："不要大声，这位奶奶的孙子前几天死了，怪可怜的。现在，我们不能唱歌，那样她的心会很寒冷的……"

当时，大家都很肃静。按老师要求，我们必须等老奶奶走远才能唱歌。但是，老奶奶一直坐在牛背上，而牛一直就在树林附近吃草。也不知过了多长时间，下课铃响了，我们再也没有机会练习合唱，老师草草收了场。

　　第二天的歌咏比赛上，我们连第三名都没拿到。但是，等到再上音乐课，老师却意外地带来了大白兔奶糖，给每个同学发两颗。老师是这么解释的："虽然比赛失败了，但我仍然很高兴，你们的爱心得了第一名。"

　　爱很简单，不需要轰轰烈烈，也不需要缠绵悱恻。它有时就如一片浮过的白云，为人挡住那炽热的太阳，让你在理解与感动中体味着来自灵魂深处的舒适，进而汲取爱的力量，获得生命的动力。

背上 100 斤爱上路

小时候，印象最深的就是父亲每年春节前都要出一趟远门，他要给居住在百里之外的奶奶送米、送面。那时候家里没有车马，父亲就头一天称好 50 斤大米、50 斤面粉，分装在两个布袋里，缚在一根扁担两头，然后第二天早晨鸡还没叫就启程。

父亲每次回来，我都问："爸，你要走多久才能到奶奶家呀？"父亲说："太阳还没落山就到了。"我又问："担子那么重，你哪儿来的力气呢？"父亲就笑着说："想着你奶奶在盼着我，我就有使不完的劲儿，就忘记了肩上的担子。"每次听完后，我总感觉不可思议。

2003 年，我从黑龙江坐火车回千里之外的吉林老家过年，上车前，一个朋友送了一袋大米到哈尔滨火车站。这趟车晚点了近 2 个小时，我下车时已是半夜 12 点 20 分，父母根本想不到我会坐这么晚的车回来。

这是除夕的前夜，车站外没有一个人，我站在寒风中，想着父母此时一定在想念着他们的儿子，就一口气背起那袋大米，迈开健步奔向 4 千米之外的家。不知为什么，那天夜里，我腿上有使不完的劲儿，浑然不觉肩上的负担，不久，家门就在眼前了。

推开家门那一刻，我听到那座老式挂钟突然敲响。

第二天，父亲称了称那袋大米，足足有 100 斤呢！对于一个没干过力气活的书生，背着 100 斤大米用 40 分钟走了 4 公里路，这让干了一辈子庄稼活的父亲惊讶不已。

父亲笑着问我："你是哪里来的力气呢？"听了这句话，忽然想到这是我儿时问过父亲的那句话，眼泪突然就流了下来。

亲人的期盼，会把一切负担变成爱，背着 100 斤爱上路，谁还会感觉到累呢？

只要有亲人的爱在心里，有亲人的期盼在前方，就没有什么困难能阻挡住与亲人团聚的脚步。这就是亲情的呼唤，这就是爱的感召，它把家的概念无限放大，变成人一生永远心甘情愿背负的甜蜜的负担。

请收回你的目光

在小区的垃圾箱旁,我遇见了住在楼下的老太太。

老太太孤身一人,每天在固定的时间出门散步。那天她在我前面慢慢地走,突然踅身靠近那个垃圾箱。她站在垃圾箱旁看了看,然后找到一根棍子,目标明确地在垃圾箱里翻找。

她可能是在垃圾箱里发现了什么有用的东西,我想。

我和老太太很熟,偶尔遇见,总会聊上一两句。老太太在翻找什么呢?儿女们每个周末都来看她,她的日子应该过得并不窘迫。

和大多数人一样,我也对一些事物怀有强烈的好奇心。仅仅是好奇,并没有什么恶意。比如那时,我就想走过去,装作不经意间,看一看她到底在翻找什么。

可是最终我还是忍住了。我从她身边走过去,目不斜视。我不知道她有没有看见我,我希望没有。

我有好奇心,甚至有偷窥欲,这本身没什么错误。但是,我不想让她难堪。毕竟一位体面的老太太,趴在垃圾箱边翻东西,并不是件很光彩的事。并且,她肯定不想被别人看见。

我见过太多好奇的目光。比如几天前,在街上见到一对母女。看穿着,他们应该属于被我们称之为“盲流”的那个群体。女儿的手里拿着一个苹果,那显然是别人扔掉的,她正用衣襟擦去上面的污水。母亲用身体挡着她,试图不要引起路人的注意。可是很多路人还是停下来,用好奇的目光将她们包围。小女孩啃着苹果,目光怯怯的;母亲的眼睛里,盈满泪水。我相信那泪水不是因为生活的艰辛,而是因为路人的目光。尽管那些目光并无恶意,但无疑会令那位母亲深感羞愧和不安。那已不仅仅是难堪,那是对自尊心最残忍的伤害。

我可以假装没看见,从她们身边快速走过。可是,我带走不了那些路人好奇的目光。

我想，如果我们不能够帮助她们，那么至少我们还可以收回自己的目光，从旁边，平静地走开。

　　生活的艰辛、苦难的沉重都压不垮人的精神，但是，有时目光会像一把利剑，刺伤人们的心灵。面对贫困，也许我们的绵薄之力帮不上什么忙，但是，至少我们可以选择保护那些敏感而又脆弱的心灵不受伤害。

记得那只鸭子吗

小男孩约翰尼和兄弟姐妹们到爷爷奶奶的农场里做客。约翰尼得到了一把弹弓,他高兴地拿着弹弓到树林里练习射击。约翰尼一遍一遍地练习,却一次也没有射中目标。他有些灰心,就垂头丧气地准备回家吃午饭。

就在约翰尼走到院子里的时候,他看到了奶奶的宠物———一只肥硕的鸭子。约翰尼忘记了刚才的失落,他拉开弹弓,饶有兴趣地对着那只晃晃悠悠走路的鸭子射击。说来也巧,这一弹不偏不倚正好击中鸭子的脑袋,鸭子当场毙命。约翰尼顿时惊慌失措,因为害怕受到奶奶的责骂,他手忙脚乱地把那只死鸭子藏进了木头堆里,藏好后才发现他的姐姐萨利站在门口。萨利目睹了事情的全过程,但她什么也没说。

吃过午饭后,奶奶对萨利说:"萨利,我们去洗碗吧。"

萨利说:"奶奶,约翰尼对我说他很想帮您洗碗。"说完,她转过身,小声地对约翰尼说:"记得那只鸭子吗?"

就这样,约翰尼只好去厨房帮奶奶洗碗了。

傍晚,爷爷问孩子们想不想去钓鱼,孩子们都非常踊跃地举手。奶奶插嘴说:"哦,真是不好意思,我想让萨利留下来帮我做晚饭。"

"哦,奶奶,"萨利微微一笑道,"约翰尼会帮我做的。"说完,她又一次转过身来,小声地对约翰尼说:"记得那只鸭子吗?"

无奈,约翰尼只好眼睁睁地看着兄弟姐妹们和爷爷一起高高兴兴地去钓鱼,自己却留在家中帮奶奶做晚饭。

就这样,约翰尼每天除了干完自己的那份家务活外,还得把萨利的那份也做完。终于有一天,他实在是受不了了,就来到奶奶的面前,将自己打死鸭子的事老老实实地告诉了奶奶。

奶奶微笑着蹲了下来,张开双臂,将约翰尼搂在怀里,慈爱地抚摸着他的头,温

126

柔地说："哦,我亲爱的约翰尼,我早就知道了。当时我就站在窗前,目睹了这件事的整个过程。但是,因为爱你,我并没有怪你。我之所以一直都没说,只是想看看你会让萨利控制多久。"

选择诚实,就是选择了一片阳光明媚的天空、一片开满鲜花的草原。勇敢地走出来吧,不要陷入谎言与欺骗的泥潭,不要徒劳地背负心灵的重担。

不必承担他人的过错

刚大学毕业时我曾去一家知名的企业应聘,面试的最后是一道测试题:有十个孩子在铁轨上玩耍,其中九个孩子都在一条崭新的铁轨上玩,而只有一个孩子觉得这可能不安全,所以他选择了一条废弃的、铁锈斑斑的铁轨,并因此遭到另外九个孩子的嘲笑。

正在孩子们玩得专心致志的时候,一辆火车从崭新的铁轨上飞速驶来,让孩子们马上撤离是来不及了,但是,如果你正在现场,看到新旧铁轨之间有个连接卡,如果你把连接卡扳到旧铁轨上,那么就只有一个孩子失去生命,如果不扳,那你就只能眼睁睁看到九个孩子丧生在车轮底下,现在,火车马上就要驶过来了,你该怎么办?

我思考了几秒,觉得这很难作答,但是我看到几位负责面试的经理,都表情严肃地盯着我,我又必须回答。我仿佛看见一辆飞速行驶的火车正向九个孩子冲过来,于是我有些紧张地说:"如果非要做决定,那我还是扳吧,毕竟这边有九个孩子……"

所有面试的经理依然表情肃穆,其中一个,正是这个企业的总经理对我说:"对不起,您的面试没有通过。"我有些沮丧地站起身来,鼓起勇气问:"可以告诉我应该怎么做吗?"

总经理说:"你为什么要去扳铁轨呢?你是以人数的多少来做的决定。但是在现实工作中,真理往往掌握在少数人手中,很多的人缺乏对事物正确的判断,只是有一种盲从性,看别人都去做,就认为这是正确的。事实证明,十个孩子中,只有一个孩子做了一个正确的选择,另外九个当初的选择是错误的,为什么这九个人的过错要让一个无辜的人来承担?这是不公平的!所以,你不应该去扳铁轨,你应该以事物的对错来做决定,九个孩子错了,那他们就应该承担过错,因为谁都要为自己的行为负责!"

纷繁复杂的世事,需要我们明辨慎思,真理不是站在人数多的一面,而是会叩响明智者的门扉,让我们勇敢坚毅,做一个头脑聪慧又勇于承担责任的人吧!

烈马

约尼是个精明的牛仔,他靠着一匹烈马,以一搏十,很快成了巨富。这天,他牵着烈马来到一个小镇,刚刚圈好驯马场,看热闹的人就围了上来。

1000美元赌一次,骑上马背就赢10000美元。三个小伙子先后出场,头一个被烈马踢伤了脚,第二个被烈马踢伤了胳膊,第三个幸亏闪得快,要不脑袋早给踢飞了。不到一小时,约尼就赢了3000美元。就在他扬扬得意时,一个老头儿挤了进来,给了他一张10000美元的支票。约尼吃了一惊,将信将疑地把马鞭递过去。老头儿摇摇头,空手走出了围栏。3分钟后,他端着草料的簸箕,重新走进围栏。烈马瞪着警惕的双眼,不停地嘶鸣,四蹄刨得尘土飞扬。观众都替老头儿捏了一把冷汗。老头儿抓起一把草料,轻声唤着,朝烈马走了过去。

奇迹出现了,烈马竟然十分安静地低下头嚼起草料来。老头轻拍马背,纵身一跃,矮小的身子像燕子一样轻盈地飞了上去。四周响起热烈的掌声。

约尼惊呆了,他不相信地喊道:"不!不!"

约尼沮丧地把一张10万美元的支票递给了老头儿,并问道:"你究竟用什么方法征服了我这匹烈马?"

老头儿淡淡一笑:"很简单,你用暴戾制造了它对人的不信任,我用3个晚上让它对我产生信任。当然,这一切都是背着你进行的。"

信任是人与人交往的根本,在建立信任的过程中,暴力、强制都不是最佳的手段。信任是相互的,要想获得信任,就要付出真心,用真诚浇灌出美丽的信任之花吧,因为真诚才是信任的基石。

佛心

初秋时分,我与几个新结识的朋友一道乘一辆小面包车游览峨眉山。

一个叫叶子的小女孩很快就成了车上的中心人物。5岁的叶子居然可以声情并茂地背诵李清照的《声声慢》。她妈妈让她再背一首苏轼的《念奴娇·赤壁怀古》,叶子说:"我没情绪背这首词。"大家哄笑起来。

过了一会儿,叶子蹭到司机眼前,小声问他:"叔叔,后面那只小猴是你的吗?"大家见他这样问,便都回头去看——在后窗的一边,悬着一只小布猴,身体随着车身的晃动来回摆个不停。司机说:"喜欢吗?喜欢就送你。"叶子连忙摆手说:"叔叔,我不想要你的小猴子,我只想动动它。"司机笑了笑说:"动吧,我批准了。"叶子爬上后座,摘下小猴子,让它"坐"在后排的椅背上,说:"好了,坐着它就不会累了。"

安顿好了小猴子,叶子又蹭到司机跟前,疑惑地指着汽车挡风玻璃上的一片片斑迹问:"叔叔,你的汽车玻璃是不是该擦了?"司机打开喷水装置和雨刮器,很快就把玻璃上的污物清理干净了。但是,刚开了一小段路,玻璃上面就又污渍斑斑了。叶子问司机怎么这么快就脏了,司机说那不是脏,是车开得太快,一些飞行的小昆虫撞死在玻璃上了。叶子"啊"了一声,这时候,一个小蚂蚱样的东西,"咚"地一下子撞在了玻璃上面,飞行的生命,顿时变成一摊红红黄黄的污迹,叶子看呆了。她带着哭腔央求司机说:"叔叔,你开慢点吧,别撞死这些小虫子。"

中午的时候,我们到了峨眉山报国寺下面的停车场。大家徒步往寺院方向走。这时,一位老先生不解地问导游:"地上怎么这么多一截一截的电线啊?"导游笑着说:"您真有想象力,这可是晒死的蚯蚓!这里的蚯蚓特别多,也特别粗。这么毒的太阳,它们爬到水泥地面上来,还不很快就给晒成'电线'了。"大家听罢都大笑起来。

过了一会儿,突然听见叶子的哭声,大家跑过去惊问原委。叶子妈妈说:"叶子在路上看到一条蚯蚓,怕它晒死,就勇敢地把蚯蚓扔进草地里。但不知怎么的,扔完了蚯蚓自己就哭了,可能是吓的吧。"

到了报国寺,大家都去寺里礼佛。叶子没有去,她在一边哭,一边扔爬上水泥地面的蚯蚓。我也没有去,我的那颗虔诚的心不由朝向了小小的叶子。

女孩的心中有怜悯、有关怀、有无私的爱。虔诚礼佛是形式上的泽被苍生,但小女孩叶子纯真的善举,让我们清楚地看到,在那个瘦小的身体里,有着熠熠发光的如金子一般的慈悲之心。

将心比心

母亲给我讲过这样一件事：有一次她去商店，走在她前面的年轻妇女推开沉重的大门，一直等到她进去后才松开手。当母亲向她道谢时，那位妇女对母亲说："我的妈妈和你的年纪差不多，我只是希望她遇到这种情况的时候，也有人为她开门。"听了母亲说的这件小事，我的心温暖了许久。

一日，我患病去医院输液。年轻的小护士为我扎了两针也没有扎进血管里，眼见针眼泛起了青包。疼痛之时我正想抱怨几句，却抬头看到了小护士额头上布满了密密的汗珠，那一刻我突然想起了我的女儿。于是我安慰她说："不要紧，再来一次！"第三针果然成功了。小护士终于长出了一口气，连声说："阿姨，对不起。我真该感谢你让我扎了三针。我是来实习的，这是我第一次给病人扎针，太紧张了，要不是你的鼓励，我真不敢给你扎了。"我告诉她，我也有一个和她差不多大的女儿，正在医科大学读书，她也将有她的第一个患者，我真希望女儿第一次扎针也能得到患者的宽容和鼓励。

如果我们在生活中多点将心比心的感悟，就会对老人生出一份尊重，对孩子怀有一份怜爱，会使人与人之间多一些宽容与理解，少一些计较与猜疑。

"老吾老以及人之老，幼吾幼以及人之幼"，将心比心，设身处地地为别人着想，你会发觉尘世间多了一缕温暖，多了几许感动，多了一份真情。虽然身处寒冬却犹似置身于艳阳三月，虽然漂泊他乡却仍觉温馨如家。

昂贵的单纯

国王最心爱的猫爬到树上去了，国王担心它不肯下来，就苦苦地哀求它："亲爱的猫咪，请回到我身边来吧!"猫不肯下来。

骄傲的王后见状，愤怒地厉声大叫："我命令你离开那棵树，快给我滚下来!"猫还是不肯下来。

大厨师刚好做了香喷喷的蛋糕，他讨好地哀求着猫："想不想吃这只蛋糕?都给你啦!"猫有些心动，但它深吸了一口气后，还是不肯下来。

巫师平常就觉得自己法力无边，于是，他准备了一份咒语，声音忽高忽低地念着："叮当咚，咚当叮，当咚叮……"猫觉得巫师的举止很可笑，喵喵叫了两声，仍旧不肯下来。

渔夫听说国王的猫爬到树上，跑来帮忙。他拿着一条鲜鱼挥舞着，猫只是看看。它不想吃鱼。

国王有个智囊团，每个人看起来都很有学问，他们召开紧急会议讨论了许久，终于找到了问题的症结："问题在大树上，我们必须将那棵大树砍倒……"

他们将会议的讨论结果向国王报告，国王听了，觉得蛮有道理，就高兴地说："你们真是能干极了，想到这么妙的点子，如果我的爱猫真的下来了，我会大大赏赐你们。"

于是，国王派人去请来了樵夫。正当樵夫挥起斧头要往树上砍下去时，他忽然停住了，因为他听到了一个小孩的声音："国王到底在想什么啊?这样做不见得是好办法。"

国王嘀咕着："小朋友，那你说说，我应该怎么做才能让我的猫下来呢?"

小孩说："如果我是你，我会耐心地等待，我相信当它想下来的时候，它就会自己下来。"

那天夜里，国王睡到半夜，忽然觉得有东西坐在他的额上，他伸手一摸，开心地

大笑,说:"我心爱的猫咪真的从树上下来了!"

第二天,国王请那位小朋友来到皇宫,赏给了他很多钱。因为这个孩子教给了他一个重要的道理——尊重猫的意愿。

尊重他人的人格,尊重他人的一切习惯与意愿,这需要一颗宽大而包容的心。每个人的行为方式都有各自的特点,我们不能够要求别人与自己保持一致,也绝对做不到这种一致。

重修旧好

多年来我目睹不少友谊褪色——有些出于误会，有些因为志趣各异，还有些是由于阻隔。随着人的逐渐成长，这显然是不可避免的。

常言道：你把旧衣服扔掉，把旧家具丢掉，也与旧朋友疏远。话虽如此，可我这段友谊似乎是不应该就此不了了之的。

有一天我去看另一个老朋友，他是牧师，长期为人解决疑难问题。我们坐在他那间有上千本藏书的书房里，海阔天空地从掌上电脑谈到贝多芬饱受折磨的一生。

最后，我们谈到友谊，谈到今天的友谊看来多么脆弱。

"人与人之间的关系非常微妙，"他说，两眼凝视窗外青葱的山岭，"有些历久不衰，有些缘尽而散"。

他指着临近的农场慢慢说着：

"那里本来是个大谷仓，就在那座红色木框的房子旁边，是一座原本相当大的建筑物的地基。那座建筑物本来很坚固，大概是 1870 年建造的。但是像这一带的其他地方一样，人们都去了中西部寻找较肥沃的土地，这里就荒芜了。没有人定期整理谷仓。屋顶要修补，雨水沿着屋檐而下，滴进柱和梁内。

有一天刮大风，整座谷仓都被吹得颤动起来。开始时嘎嘎作响，像艘旧帆船的船骨似的，然后是一阵爆裂的声音。最后是一声震天的轰隆巨响，刹那间，它变成了一堆废墟。

风暴过后，我走过去一看，那些美丽的旧橡木仍然非常结实。我问那里的主人是怎么一回事。他说大概是雨水渗进连接榫头的钉孔里，木钉腐烂了，就无法把巨梁连起来。"

我们凝视山下。谷仓只剩下原是地窖的地洞和围着它的紫丁香花丛。

我的朋友说他不断想着这件事，最后终于悟出一个道理：不论你多么坚强，多么有成就，仍然要靠你和别人的关系，才能够保持你的重要性。

　　"要有健全的身体,既能为别人服务,又能发挥你的潜力。"他说,"就要记着,无论多大力量,都要靠与别人互相扶持,才能持久。自行其道只会垮下来。"

　　"友情是需要照顾的,"他又说,"像谷仓的顶一样。想写而没有写的信,想说而没有说的感谢,背弃别人的信任,没有和解的争执——这些都像是渗进木钉里的雨水,削弱了木梁之间的联系。"

　　我的朋友摇摇头不无深情地说:"这座本来是好好的谷仓,只需花很少功夫就能修好,现在也许永不会重建了。"

　　黄昏的时候,我准备告辞。

　　"你不想借用我的电话吗?"他问。

　　"当然,"我说,"我正想开口。"友谊是美丽的瓷器,久不拂拭就会蒙尘,友谊是刚刚破土而生的嫩芽,久不照料就会发黄枯萎。问候一下远方的朋友吧,相信你收获的不仅仅是朋友的惊喜与快乐,那久违的温暖也将萦绕你的心头。

用真诚打动人

A君是一家保险公司的资深业务员,他已从事保险行销工作6年了,他的业绩一直是全公司最好的。

别人问他成功的秘诀是什么,他笑笑说:"我没有什么秘诀可言,即使有也是广为人知的秘诀。我所用的方法是做别人不愿做或别人做不到的事。我给顾客的承诺是全天24小时服务。我做到了言行一致,即使是深更半夜打电话都能找到我。"

一天午夜12点,他的手机响了,他立即接通电话,对方没有声音,1分钟后,电话挂断。凌晨2点,他的手机又响了,他接通电话,对方没有声音,1分钟后,挂了。凌晨4点,他的手机又响了,他接通电话,对方没有声音,1分钟后,挂了。凌晨6点,天蒙蒙亮,手机又响了,他仍然非常热情地说:"请问您是哪位,有什么事需要我做的吗?"对方没有说话,挂了。

上午10点,他在办公室上班,突然接到一个电话,"20万的支票已准备好,请带保单过来签约。"原来是那个午夜打电话不说话的人。

比尔也说过这样一段话:"对商业道德的认真思索,会使人从中受益。那种认为人就应该通过剥夺他人的利益来增加自己的利益的观念是不诚实的想法,我们的社会需要的是正直诚实的商人。"下面这个小故事就是最好的证明。

一群印第安人围在一家刚开的店铺门前,看着店主的货物,但就什么都不买。后来,当地的印第安酋长来拜访店主:"你好啊,约翰,把你的货物拿给我看看。啊哈!我要给自己买一条毯子,给我的妻子买1块印花布……我的毯子需要付4块貂皮,印花布需要付1块。这样吧,我明天再给你。"

第二天,那个酋长带着一大包貂皮来了。"约翰,我现在给你付账来了。"他从包裹里抽出四块貂皮,一块接一块地把它们放在柜台上,犹豫了一会儿之后,他又抽出了第5块,把它放到了柜台上。这是一块特别珍贵稀有的貂皮。

"已经够了,"商人约翰把它推回去说:"你只欠我4块貂皮,我只收下我应得

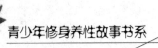

的。"

他们又为是 4 块还是 5 块推来推去地争了好长时间,最后约翰坚持只收 4 块。酋长的脸上露出了满意的神色。

他把第五块貂皮放回了包裹里,重新审视了这个店主一番,然后跨出门,朝着他的族人们喊道:"来吧,来吧,跟这个约翰做买卖吧,他是不会欺骗我们印第安人的,他不是个坏心眼的人。"

然后,他又转过身,冲着店主说:"如果你刚才收下了最后一块貂皮,我就会叫我的族人们不要跟你打交道,并且,我们还会赶走其他的人。但是,现在你已经是我们印第安人的朋友了。"

天黑之前,约翰的店铺里堆满了毛皮,抽屉里塞满了现金。诚实使得这位名叫约翰的商人最终获得长久的商业利益;如果当时他收下了那块珍贵的貂皮,情况可想而知;但他拒绝了,失去了原本就不属于自己的一块貂皮,但获得的却是印第安人的信任和长久的交易,这才是真正的利益。

诚信是商界的一个基本准则,贪婪与欺骗并不能获得财富,以诚相待才是真正的经商之道。其实,对待生活中的其他事情又何尝不是如此,让我们敞开心扉,用真诚的心去打动别人,用诚挚的情去感动世界。

盗马

古时候,伊拉克有位国王,叫阿尔马蒙。他有匹千里马。一次,一个叫奥玛的商人路过巴格达,他看到阿尔马蒙的马,羡慕不已,便提出用 10 个金币来换,但阿尔马蒙说就是给 100 个金币,他也不换。奥玛恼羞成怒,决定用诡计把千里马骗到手。

奥玛打探到阿尔马蒙每天独自遛马的路线,选了一个离城门最远、人迹罕至的地方,乔装成病重的流浪汉,躺在路旁。果然,善良的阿尔马蒙看到有人病倒在路边,赶紧把他扶上千里马,打算带他进城治病。奥玛装作有气无力的样子指了指地上的包袱,阿尔马蒙把他的包袱拾起来,系在马背上。奥玛又指了指远处一根木棍,阿尔马蒙以为那是流浪汉的拐棍,忙转身去捡。奥玛趁机夺过缰绳,纵马逃走。

阿尔马蒙跟在马后面追了很久,终于跑不动了。奥玛知道奸计得逞,便想奚落奚落阿尔马蒙。他勒住马,得意洋洋地对阿尔马蒙说:"你丢了千里马,连一个铜子儿也没得到,都是因为你太慈悲了。你还有什么要说的?"

"马可以归你,但我有个要求,"阿尔马蒙大声说,"别告诉人们你骗走千里马的方法。"

奥玛哈哈大笑说:"原来国王也怕别人嘲笑!"

"不,"阿尔马蒙喘着粗气回答,"我是担心人们听说这个骗局后,会怀疑昏倒在路边的人都是骗子、强盗。说不定哪一天,你我也会染疾,倒卧路边,那时,谁来帮助我们呢?"

听了这话,奥玛一声不响地掉转马头,奔回阿尔马蒙身边,含泪求他宽恕自己的罪过。阿尔马蒙不计前嫌,请奥玛回王宫,像贵宾一样招待他。两人从此结下深厚的友谊。奥玛后来成了伊拉克历史上最受爱戴的大法官之一。

欺骗得不到最真的心,即使得到暂时的利益,也将因失去别人的信任心而失去更长久的利益。真诚的心即使被欺骗,也不会退缩,因为他们心中充满宽容与理解,他们相信诚实待人会让一切变得更美好。

埋藏了两千年的真理

　　埃及的迪拉玛被称为魔鬼城,它处在帝王谷的入口处。在比东法老到兰塞法老的 600 年间,凡是走进小城的外地人,没有不上当受骗的。

　　史书记载,第一个来到这里的外地人是位阿拉伯商人,他想贩些银器回国,结果被一个带路的小孩骗走了脚上穿着的一双皮靴。还有一个来自大马士革城的旅行者,他想到帝王谷去探宝,可进城还不到 1 刻钟,就被一个吉卜赛人连钱带行李骗了个精光。据传,印度一位道行最高的巫师漫游至此,也没逃出被骗的厄运,他身上唯一的一件东西——铜蛇管,都被一个哑巴骗走了。

　　对于魔鬼城之谜,历来众说纷纭。有的说,迪拉玛是狮子、水牛、天狼三个星座在地球上的重心投射点,地理位置上的特殊,导致外地人走进这里头脑都要失灵;也有的说,是埃及法老图特安哈门的咒语在起作用,他说:"凡扰乱法老安宁的人必死。"在这个入口处,他在用"让你破财"的方式,仁慈地提醒你不要走进帝王谷。

　　然而,自从古希腊的一位哲学家来到这里,这些说法就被动摇了。因为他作为外地人,在城里住了 1 年,不仅头脑和原来一样清晰,而且随身携带的东西一件都没丢。有位罗马商人得知此事后很是兴奋。他想,一个能清白地走出迪拉玛的人,一定是破解了法老咒语的人。因为他知道,迪拉玛这座小城是图特安哈门法老有意安排的。据罗马的羊皮书记载:图特安哈门法老的陵墓修好后,为防止盗墓贼入侵,曾把关押在监牢里的 3000 多名骗子秘密流放到这里,法老相信,一类人的智慧能制约另一类人的智慧。

　　罗马商人决定去拜访那位希腊哲学家。他随自己的商队来到希腊,可惜那位哲学家已经去世 5 年了。希腊人告诉他,哲学家临终前在摩西神庙的石壁上留下过一句话,那句话是他从迪拉玛漫游归来后写上去的。于是,商人来到神庙,凝视着石壁上哲学家留下的话,他禁不住喃喃自语:"说得多好啊!说得多好啊!"然后匍匐在地,表达对哲学家的敬意。

2300 年后的一天,一位考古学家在迦勒底山脚下挖出 7 个巨大的石碑,其中的一块刻着这么一行字:当你对自己诚实时,天下就没人能够欺骗你。这句话,正是那位哲学家留下的。不久,希腊政府宣布:摩西神庙遗址被发现。

真诚待人不仅应真诚待他人,同样应真诚待自己,这样才不会被假象蒙蔽双眼而遭人欺骗。当自己的心灵晶莹无瑕时,任何污淖也无法将它污染,相反,它会因自身的玲珑剔透而给周围的世界带来璀璨光华。

一碟辣酱

有一年,我在香港教书。

港人非常尊师,开学第一周校长便在自己家里请了一桌席,有10位教授赴宴,我也在内。这种席,每周一次,务必使校长在学期中能和每位教员谈谈。我因为是客,所以被列在首批客人名单里。

这种好事因为在台湾从未发生过,所以我十分兴奋地去赴宴。原来菜都是校长家的厨子自己做的,清爽利落,很有家常菜风味。也许由于厨子是汕头人,他在诸色调味料中加了一碟辣酱,校长夫人特别声明是厨师亲手调制的。那辣酱对我而言稍微有些甜,但我还是取用了一些。因为一般而言广东人怕辣,这碟辣酱我若不捧场,全桌粤籍人士没有谁会理它。广东人很奇怪,他们一方面非常知味,一方面却又完全不懂"辣"是什么。我有次看到一则比萨饼的广告,说"热辣辣的",便想拉朋友一试。朋友笑说:"你错了,热辣辣跟辣没有关系,意思是指很热很烫。"我有点生气,广东话怎么可以把辣当作热的副词?仿佛辣一词不存在似的。

我想这厨子既然特意调制了这独家辣酱,没有人下箸,总是很伤感的事。汕头人是很以他们的辣酱自豪的。

那天晚上吃得很愉快也聊得很尽兴,临别的时候主人送客到门口,校长夫人忽然塞给我一个小包,她说:"这是一瓶辣酱,厨子说特别送给你的。我们吃饭的时候他在旁边,发现只有你一个人欣赏他的辣酱,他说他反正做了很多,这瓶让你拿回去吃。"

我其实并不十分喜欢那偏甜的辣酱,吃它原是基于一点善意,不料竟回收了更大的善意。我千恩万谢受了那瓶辣酱——这一次,我倒真的爱上这瓶辣酱了,为了厨子的那份情。

大约世间的人多是寂寞的吧?未被赞美的文章,未蒙赏识的赤诚,未受注视的美貌,无人为之垂泪的剧情,徒然地弹了又弹却不曾被一语道破的高山流水之音,或者,无人肯试的一碟食物。而我只是好意一举箸,竟蒙对方厚赠,想来,生命之宴也是如此吧!我对生命中的涓滴每有一分赏悦,上帝总立即赐下万道流泉;我每为一个音符凝神,他总倾下整匹的音乐如素锦。

生命的厚礼,原来只赏赐给那些肯于一尝的人。

真诚的心总能获得丰厚的回报,不为那碟并不十分喜爱的辣酱,只为那辣酱中饱含的真情。一份赏识,一份肯定,都让我们的人生因此而灿若华锦,美若朝霞。

一个贫穷的小提琴手

在繁华的纽约,曾经发生过这样一件震撼人心的事情。

星期五的傍晚,一个贫穷的年轻艺人仍然像往常一样站在地铁站的入口,专心致志地拉着他的小提琴。琴声优美动听,虽然人们都急急忙忙地赶着回家过周末,还是有很多人情不自禁地放慢了脚步, 时不时会有一些人在年轻艺人面前的礼帽里放一些钱。

第二天黄昏,年轻的艺人又像往常一样准时来到地铁站入口,把他的礼帽摘下来很优雅地放在地上。和以往不同的是,他还从包里拿出一张大纸,然后很认真地铺在地上,四周还用自备的小石块压上。做完这一切以后,他调试好小提琴,又开始了演奏,声音似乎比以前更动听、更悠扬。

不久,年轻的小提琴手周围站满了人,人们都被铺在地上的那张大纸上的字吸引了,有的人还踮起脚尖看。上面写着:"昨天傍晚,有一位叫乔治·桑的先生错将一份很重要的东西放在了我的礼帽里?请您速来认领。"

人们看了之后议论纷纷,都想知道是一份什么样的东西,有的人甚至等在一边想看个究竟。过了半小时左右,一位中年男人急急忙忙跑过来,拨开人群冲到小提琴手面前,抓住他的肩膀语无伦次地说:"啊!是您呀,您真的来了,我就知道您是个诚实的人,您一定会回来的。"

年轻的小提琴手冷静地问:"您是乔治·桑先生吗?"

那人连忙点头。小提琴手又问:"您遗落了什么东西吗?"

那个先生说:"奖票,奖票。"

于是小提琴手从怀里掏出一张奖票,上面还醒目地写着乔治·桑,小提琴手举着彩票问:"是这个吗?"

乔治·桑迅速地点点头,抢过奖票吻了一下,然后又抱着小提琴手在地上疯狂地转了两圈。

原来事情是这样的:乔治·桑是一家公司的小职员,他前些日子买了一张一家银行发行的奖票,昨天上午开奖,他中了 50 万美元的奖金。昨天下午,他心情很好,觉得音乐也特别美妙,于是就从钱包里掏出 50 美元,放在了礼帽里,可是不小心把奖票也扔了进去。小提琴手是一名艺术院校的学生,本来打算去维也纳进修,已经订好了机票,时间就在今天上午,可是他昨天整理东西时发现了这张价值 50 万美元的奖票,想到失主会来找,于是今天就退掉了机票,又准时来到了这里。

后来,有人问小提琴手:"你当时那么需要一笔学费,为了赚够这笔学费,你不得不每天到地铁站拉小提琴,那你为什么不把那 50 万美元的奖票留下呢?"

小提琴手说:"虽然我没钱,但我活得很快乐;假如我没了诚信,我一天也不会快乐。"

真诚的心像金子一般闪闪发光,不仅可贵,而且能感动别人,更能为自己带来快乐。一个拥有了诚信之心的人,就像生活在天堂一般,永远在天籁般的仙乐中轻盈地舞蹈……

真正的慷慨

一场龙卷风袭击了我们家附近的一座小城,那里的许多家庭都损失惨重。报纸上一张特别的照片触动了我的心。照片上,一个个年轻的女人站在一座完全被毁坏的房屋前面,一个大约七八岁的小男孩低垂着眼站在她的身边。旁边,还有一个很小很小的小女孩用手抓着妈妈的裙裾,眼睛盯着镜头,目光里充满了慌乱和恐惧。在相关的文章中,作者给出了照片上每个人的衣服尺寸。我注意到他们衣服的尺寸与我和孩子衣服的尺寸很接近。这将是教育我的孩子帮助那些比他们不幸的人的好机会。

我将照片贴在冰箱上, 把他们的困境向我的一对 7 岁的双胞胎儿子——布兰德和布雷特,以及 3 岁的小女儿梅格安做了解释:"我们有这么多东西,而这些可怜的人现在却什么也没有。我们将把我们的东西和他们分享。"我从阁楼上拿下来 5只大盒子放在地板上。当男孩子们和我一起把一些罐装食品和其他一些不易腐坏的食物以及肥皂等装进其中一只大盒子的时候, 梅格安怀里抱着鲁西——她爱极了的布娃娃——来到我们面前。她紧紧地将它搂在胸前,把她圆圆的小脸贴在鲁西扁平的、被涂上颜色的脸上,给了它最后一个吻,然后,将它轻轻地放在其他玩具的最上面。"噢,亲爱的,"我说,"你不必把鲁西捐出来,你是那么地喜欢它。"

梅格安严肃地点了点头,眼睛里闪烁着被她强忍着没有流出来的眼泪:"鲁西给我带来了快乐,妈妈。也许,它也会给那个小女孩带来快乐的。"

我突然意识到,任何一个人都可以把他们弃之不要的东西捐赠给别人,而真正的慷慨却是把自己最珍爱的东西给予别人。诚挚的仁爱是一个 3 岁的孩子希望把一个虽然破旧却是她最珍爱的布娃娃送给那个小女孩的行为。而我,本来是想教育孩子的,结果却从孩子那儿得到了教育。

男孩子们惊讶地张大了嘴巴。布兰德什么也没说,走进房间拿着他最喜欢的圣斗士出来了。他稍稍犹豫了一下,看了看梅格安,把它放在鲁西的旁边。布雷特的脸上露出了温和的微笑,眼睛里闪着光,跑回房间拿来了他的一些宝贝火柴盒汽车,郑重地放到盒子里。

　　我把我的那件袖口已经磨损得很厉害的褐色夹克衫从那个放着衣服的盒子里拿出来,然后,把上个星期刚买的一件绿色的夹克衫放了进去。我希望照片上那个年轻女人会像我一样喜欢它。真诚的人们会将心比心,将自己的心意与他人分享,我们也应该敞开心扉,传递自己的爱心,并真诚地希望我们的爱心会让他人如沐春风,倍感温暖。

给别人一个微笑

众所周知,道森先生是一个有着一身臭脾气的小老头,没事千万别去招惹他。他家的院子里栽着苹果树,树上结着全镇最好的苹果。但是,全镇的人都知道,他家的苹果可摘不得,哪怕是掉在地上的也不能去捡。据说,如果道森先生看见你摘他的苹果,他就会端着把小型汽步枪来赶你走。

一个星期五的下午,12岁的小姑娘珍妮特打算到她的好朋友埃米家过周末。去埃米家,必须要从道森先生家的门前经过。当珍妮特和埃米走到道森先生家附近时,珍妮特看见道森先生正坐在前廊里,珍妮特建议走马路的另一边。

埃米却说道森先生是不会伤害任何人的。珍妮特非常害怕,每向道森先生的房子走近一步,她紧张的心跳就会加快一分。当她们走到道森先生的门前时,道森先生下意识地抬起了头,像往常一样紧锁着眉头,注视着眼前的不速之客。当他看到是埃米时,原本紧绷着的脸顿时绽开了灿烂的笑容。"哦,你好啊,埃米小姐,"他说,"今天有位小朋友和你一起走啊。"

埃米也对他报以微笑,并告诉他她们将一起听音乐、玩游戏。道森先生说这听起来真是不错,并给她们每人一个刚从树上摘下来的苹果。两个小姑娘接过又大又红的苹果,心里高兴极了,道森先生的苹果可是全镇最好的苹果啊。

和道森先生告别之后,埃米解释说,在她第一次从道森先生家的门前经过的时候,他就像人们传说的那样,一点儿也不友好,让她感到非常害怕。但是,她却认为他是面带微笑的,只不过那微笑隐藏起来了,别人看不见而已。所以,只要看到道森先生,埃米都会对他报以微笑。终于有一天,道森先生也对埃米报以了一丝微笑。又过了一些时候,道森先生真的开始对埃米微笑了,那是一种发自内心的笑容,不仅如此,道森先生还开始和埃米说话了。随着时间的推移,他们谈的话也就越来越多了。

"隐藏起来的微笑?"听完埃米的叙述,珍妮特问道。

石头与陶罐

"是的，"埃米答道，"我奶奶曾经告诉过我说，所有人都会微笑，只不过有些人的笑容隐藏起来了而已。因此，我对道森先生微笑，道森先生就会对我微笑。微笑是可以互相感染的。"

生活中，我们总是忙忙碌碌，总是想方设法地去做更多的事，比如拼命工作、教育子女、打扫卫生等等。这样一来，我们就很容易陷入日常生活与工作的琐碎之中，从而把自己的微笑隐藏起来了，忘记或者忽略了把快乐带给别人和自己。其实，给别人一个微笑就是在给自己一个微笑。埃米说得对，微笑是可以相互感染的，别再隐藏它了。

149

向一只猫吐舌头

楼下那只白猫有点波斯血统，眼睛是天蓝色的，性情温和、冷静、从容。它喜欢蹲在楼道口的门槛下，我常常在下班回家时遇见它。那时，它蜷缩着，默默地瞅我一眼就偏过脸去。但是，如果我在与它对视的时候目光不移开，它也会一直瞅我，灰蓝色的眼球有点冷漠、深邃，但又有点悠闲，像是在思考很重要的问题，毛茸茸的身体微微散发着哲学气息。

我喜欢这只猫，我和它之间渐渐产生了默契，彼此是信任的。有一天，就在我们对视的时候，我忍不住向它吐出舌头，希望它能更在意我。果然，它的眼神激灵一下，很专注地盯着我。我非常高兴，笑眯眯地进了楼道，向四楼爬去。当时有一个中年汉子正好下楼，经过我身边时，出乎意料地向我点头微笑，令我茫然。这个人我遇见的次数多了，好像就住在五楼，以前我们从没打过招呼，今天为什么对我如此亲切呢？

是的，因为我对猫吐舌头后的笑容一直保持在脸上，让这位汉子产生了美好的误会。我的心情为之更加明朗，一直到进了家门，我的微笑都没有消失。

自那以后，我有一种结识这座楼全部住户的愿望——通过微笑。我曾经对着镜子练习微笑，但效果不理想，因为这样的笑容比较做作，我自己都不满意——镜子里的那个家伙好像想求我办什么事似的。于是我又想到了猫——向它吐舌头的时候，我能发出真正的微笑，而且能在1分钟内保持在脸上不改变。

这个方法的确很棒。只要进楼前看见猫蹲在门槛下，我就有向它吐舌头的欲望，然后我就忍不住微笑了，这个微笑伴随我上楼的脚步，而且多次遇见陌生的邻居们，我就主动向他们点头，通常都能得到友善的回应。有一次，擦身而过的是个美女，我的微笑使她愣了片刻，而后她不仅向我点头微笑，还问候一句："下班了？"

在这件事的鼓舞下，我用了不足2个月的时间，终于结识了整座楼的住户。比如与我住对门一年多的那家人，是开饭店的，来自南京，户主姓李，他的儿子上小学五年级。还有那位美女,姓欧阳,她的办公室与我的单位仅隔一条街……

我觉得自己够聪明,因为我将原本封闭而冷漠的住宅楼变得有人情味了,而方法又是那么简单。比我更聪明的是那只懂哲学的猫,以及它睨着我向它吐舌头时的眼神。

微笑并不困难,你只需要将嘴角轻轻上扬。但少了真诚的微笑,味同嚼蜡。真诚的笑容会帮你打开一扇门,使你拥有一个美丽的世界。冷冷的目光会为人关一扇门,让你错失与美丽邂逅的机会。

纽约之心

　　我曾在一家地方电台做了将近 6 年的访谈节目主持人，在节目中我曾与众多不同凡响的人物交流过，然而，给我触动最深的却是一个卖热狗的小贩，而我们却从未说过一句话。

　　起初，我在本地的日报上读到了有关他的报道，当时我就认定这个叫佩特罗斯的人理应得到公众的认可和赞赏。你不禁要问，一个卖热狗的小贩能有什么了不起的事迹值得一提呢?简而言之，他将我信仰的一切化为行动。在纽约这个繁华却冷漠的大都市里，佩特罗斯给予素不相识的陌生人以完全的信任。

　　佩特罗斯的热狗车就停在中央公园西大道和第九十六街相交的拐角。二十多年来，他每日风雨无阻的身影已成为这里一道熟悉的风景。佩特罗斯的慷慨善良是出了名的。他的热狗车上，除了各种调料外，始终放着两个额外的盒子。一个盒子里装着准备送给过路小孩的棒棒糖，另一个盒子装着乘公共汽车需要的硬币。这里是商务旅行者集中之地，时常有旅客发现自己在匆忙之中忘了准备硬币，这时，佩特罗斯会乐呵呵地递上一枚说:"来，拿着这个。"

　　他的热情大方还不止于此。炎热的夏日，经常有跑步锻炼的人在拐角处停下来，口干舌燥，气喘吁吁。这时，佩特罗斯会迅速地从冷柜中取出一瓶矿泉水说:"来，拿着这个，下次给钱!"如果对方马上掏钱，往往被他拒绝。

　　"我信任他们。也许他们在别的地方需要用钱，"他常带着浓重的希腊口音说，"再说他们总是还钱。"

　　佩特罗斯的故事坚定了我的信念，让我愈加相信人的本性是乐于奉献的。虽然这个世界每天都在上演着暴力和恐怖，我仍相信有更多默默无闻的佩特罗斯就在我们身边。

　　我决定为此做点什么。于是我策划了一期特别节目，并派记者前去采访佩特罗斯。作为一名亲善大使，记者将带去我们对他的赞美和祝福。我还给他捎去一件海

石头与陶罐

军蓝的 T 恤衫作为礼物,T 恤上印着我的座右铭:"我信任你!"

在二月的春风中,记者手持录音机,带着礼物,来到他的热狗车前。直到此时我们才发现他几乎不懂英语!

第二周,我在节目中用希腊的音乐做背景,播放了下面这段录音:

"很……很好。人们好。我信任他们。谢谢!我信任好人。"

这就是他的全部话语。

当我写下这篇文字时,佩特罗斯的照片就放在我的桌面上,一顶蓝黄相间的遮阳伞下,一位 50 多岁长着络腮胡子的男人站在热狗车旁。他拿着我赠他的 T 恤衫,略带羞涩地微笑着,眼神中透出和善的光芒。

他的故事给了我希望。

他没有从熊熊燃烧的房屋里救人,也没有走遍全国搞慈善募捐,他所做的是我们每个人都应该去做却往往没有做到的事——关爱、帮助和信任我们身边的每一个人。他做得出于本心,自然流露,这才是这平凡故事中的最不寻常之处。

并不是所有的人都能做出一番惊天动地、惠泽人类的大事业。平凡的我们,只需在生活中的点滴小事上做到真诚以待,并将其贯穿整个人生,同样会使平凡的生命变得不同凡响。

153

2 美元

美国历史上曾多次出现经济大萧条。每当这时,人人皆慌,家家皆穷,情景真是惨透了。在美国第二次经济萧条时期,90%的中小企业纷纷倒闭,全都关门歇业了。克林顿的齿轮厂也像大家一样,订货单的数量一再减少。人们连饭都吃不上,谁会需要什么齿轮!

克林顿是一个心地善良、宽心大度、知道为他人着想的人。在这困难的时候,他很想去找老朋友、老客户们为他出出主意、帮帮忙。可是,当他将信写好后才发现,自己已经到了连邮票也买不起的地步了,便很发愁。

同时他想,自己连邮票都买不起,别人怎么会舍得花钱买邮票给他回信呢?大家的处境不都一样吗?不回信,别人又怎么能帮助他。

于是,克林顿将家里的东西变卖了,到邮局买了一大堆邮票。全家人看到这样多的邮票,大吃一惊。谁也没有想到克林顿变卖家产,就是为了换回这一大堆邮票。

克林顿对家人说:"你们放心,我没有疯,我这是正常的举动,现在是经济萧条时期,确实到了谁买一张邮票都要思考一下的困难时候。"

克林顿开始给朋友和老用户们发信,希望能得到他们的支持,帮助他出出主意。他在每封信里都夹寄了2美元,当作邮票钱,希望朋友们能回信给他指导。

2美元,这是当作邮票费用的。朋友们打开信,在惊讶之余,都很受感动。他们从中想到了克林顿平日为人处世的方式,想起和他在一起时的愉快时光和他给大家带来的种种利益,和这样的人共事打交道,还有什么忧虑、有什么不放心吗?他什么都给你想好了,有他的,就会有你的。连一张小小的邮票,他都要为你先付邮资。当然,2美元,远远高于一张邮票的价钱。

很快,克林顿就又接到了订货单,还有朋友回信表示愿意给他投资,一起干点什么。在这次经济萧条时期,克林顿是为数不多的、站住脚并有所成就的企业家。

千万不要轻看了这2美元,这种做法是一种对他人的温暖和对别人的关心,更是一种发自内心的诚恳。要知道,在大家都困难的时候,克林顿也同样是困难的。他在同样困难的时候,却能为他人考虑。换个角度,当我们身处困境、无力回天时,我们是怎样去看待我们周围的人的,我们是怎样处理与他们的关系,与他们合作的?会不会在自己买邮票都非常困难时,还能为他人付上 2 美元作为邮资?

真诚有时是不能掩盖的。当然,2 美元帮助不了谁,更拯救不了谁,但很多人还是无法做出这样的选择。

不要忽视了人们富有真诚情感的做事方法,不要忽视了我们心地善良的美德。在我们最为困难的时候,我们对别人的善意做法,往往正是我们内心的呼唤和拯救我们自己的唯一出路。老天赋予了我们生命中许多神奇的力量,其中必定包括了我们真诚善良的内心。

流泪是因为真诚

读到一篇回忆高尔基的文章,作者记述了他四次见到高尔基流泪的情景。

一次是得到了契诃夫去世的消息之后。那天还有人放烟火,高尔基出来劝阻他们说:"别放了,契诃夫去世了。"声音颤抖,近乎哀求。

一次是在放电影的时候。银幕上一个小孩在铁轨上睡着了,一列火车正隆隆地驶来,一只小狗冒死迎着火车跑去营救。高尔基为这只忠勇的小狗流泪。

一次在斯莫尔尼宫的群众集会上。大会结束,全体起立高唱《国际歌》,高尔基热泪盈眶。

一次在彼得格勒火车站。高尔基准备坐火车出国,站长说火车司机和司炉工想见他,高尔基欣然同意:"那太荣幸了,那太荣幸了!"他握着火车司机那粗糙的手,哭了。流泪是因为真诚。我喜欢流泪的高尔基。

陀思妥耶夫斯基的小说《白痴》第四部第七章,写到梅什金公爵参加一个上流社会的聚会不慎碰倒了一只漂亮的中国花瓶之后,显贵们都瞧着他笑,而且笑声越来越大。在笑声包围中的"梅什金公爵热泪盈眶"。

就在这一章里,这个流泪的公爵对那些曾经放声大笑的贵族说了这样的话:"我不明白,怎么能走过树木却不因看到它而感到幸福?怎么能跟人说话却不因有他而感到幸福?哦,我只是不善于表达出来……美好的事物比比皆是,甚至最辨认不清的人也能发现它们是美好的!请看看孩子,请看看天上的彩霞,请看看青草长得多好,请看看望着您和爱着您的眼睛……"

流泪是因为纯真。我喜欢流泪的梅什金公爵。

流泪是因为自己感动,感动是因为对方的真诚。美好就在你我身边,让我们用真诚的心去感受吧!感受朝霞映红天边的绝美;感受春雨滋润万物的无声;感受生命中每一次日升日落的美好……

握手

玛丽·凯化妆品公司的徽标上两个字母 P 和 L 的含义，是盈与亏 (profit and loss)，两者就像昼与夜一样主宰着这个世界。弄不好，就会与 L(亏)握手；把握得当，就会与 P(盈)拥抱。玛丽·凯对这两个字母做出了另一番解释：它们也意味着人与爱 (people and love)，若以这种方式与人打交道，自然会受到盈利的青睐。

爱是一个很宽泛的词，并不好把握。玛丽是从金律(你们愿意别人怎样对待你，你们也应该那样去对待别人)入手的，这其实就把握住了爱的本质。说到底爱是一种体验，你只有体验过爱，才知道什么是爱。当然，你体验过不爱，也能知道什么是爱。

玛丽发达之前是一名推销员。有一次，销售经理召集他们开会，经理在会上发表了非常鼓舞人心的话。会议结束时，大家都希望同经理握握手。玛丽排队等了 3 个小时，终于轮到她与经理见面。经理在同她握手时，甚至连瞧都不瞧她一眼。经理用眼去瞅她身后的队伍还有多长，经理甚至没意识到他是在与谁握手。善良的玛丽理解一定很累。可是，自己也等了 3 个小时，同样很累呀！自尊心受到了伤害的玛丽暗下决心：如果有那么一天，有人排队等着同自己握手，自己将把注意力全都集中在站在面前同自己握手的人士身上——不管自己有多累！

正是凭着这样的决心，玛丽虽是化妆品行业的门外汉，但她不断去握化妆专家的手，去握广大美容顾问的手，终于创建了玛丽·凯化妆品公司，并使它在世界上声名鹊起。玛丽也就赢得了她心中那种握手的机会。

她多次站在队伍的尽头同数百人握手，常常持续好几个小时。无论多累，她总是牢记当年自己排那么长的队等候同那位销售经理握手时所受到的冷遇，这促使她总是公正地对待每一个人。如有可能，她总是设法同对方说点亲热的话。也许只同对方说一句话，如"我喜欢你的发型"，或"你穿的衣服真好看"，等等。她在同每一个人握手时，总是全神贯注，不允许任何事情分散自己的注意力。

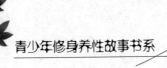

这样的握手,会使数百人都觉得自己是世界上最重要的人。根据规律,数百个重要的东西也会反馈给玛丽,她的公司就这样成为了全世界重要的公司之一。

当形式大于内容时,两者变得都不重要;当内容重于形式时,两者便相得益彰。那么用心去充实内容吧!记住,当你与外界沟通时,看着对方的脸,让目光传达你的善良、真挚、热忱,从而传递理解、感动和爱。

1 美元的信心

　　在纽约街头，一位衣衫褴褛的商品推销员正在向过往的路人兜售一种廉价的化妆品，1美元可以买两包。商品无人问津，人们都向他投去鄙夷的目光，推销商低着头，觉得自己更像乞丐。

　　一位颇有名气的营销商从此地经过，看到化妆品推销商那副穷酸的样子之后，给他的第一感觉是：这个男人很可怜！于是，在同情心的驱使下，这位营销商把1美元递到了推销员的手里，却没有去拿那两包化妆品。

　　营销商走出了一段路之后，忽然感觉到自己刚才的举措似乎有些不妥：如果不收人家的化妆品，只给人家钱，其实是把人家当成乞丐，这是对人家自尊的最大伤害；如果给了1美元之后再取走两包化妆品，就等于支持人家推销成功，也增添了人家的自信心。于是，营销商又折转回来，小心翼翼地取走了那两包价值1美元的化妆品。光阴荏苒，由于公务繁忙，这位腰缠万贯的颇有名的营销商，早把这件不经意之间在街头偶遇的小事抛到九霄云外，忘得一干二净了。5年后的一天，纽约商界的知名人物举办了一次联谊酒会。这位营销商由于功勋卓著，事业有成，成为众人瞩目的焦点。此时，一位西装革履颇有气质的中年男子举着一杯鸡尾酒，彬彬有礼地来到了营销商的面前，说："尊贵的先生，你还记得我吗？"营销商老了，许多陈年往事已经被他忘得一干二净了，他已经想不起来这位中年男子是谁。中年男子从怀里摸出一张已经陈旧了的1美元说："这1美元是你给我的，正是你这1美元才唤醒了我的自信心，才打造了我事业成功的摇篮……"

　　这1美元，营销商显然已经不认得，那上边根本没有特殊的记号。可他终于想起来了眼前的这位中年男子：哦，原来是他——那个5年前穷困潦倒在街头兜售廉价化妆品的推销员！当年的推销员，已经成了今天全美最大的推销商之一。

　　谈到对当年的1美元的感受，这位推销商对那位营销商依旧感激涕零："他老人家给了我1美元之后就走人，那样我只能是乞丐，他扔下1美元之后又取走了两

包化妆品,就等于给了我推销的自信……也正是从那一刻起,我才感到我能行,接着做我就会成功!"

有时,金钱的价值不仅仅在于它能买到商品,有时它也能给予一个人尊严与自信。正是由于这1美元,才唤醒了中年男子为事业打拼的决心与斗志。给他人一份信任吧,也许这份信任会创造奇迹。

善解人意的魅力

　　和其他的酒店不一样,法国巴黎的拉·维耶酒店里没有菜谱。当人们来到小酒店时,66 岁的女主人会告知你该吃什么东西,不该吃什么东西,如果她知道你在减肥节食或者看上去你应该节食,她就不会给你上小牛肝、小牛肾之类的高蛋白食物。即使你点了这样的菜,她也不会给你,因为她完全知道什么食物对你有好处。

　　在这个小酒店里,女主人像一位母亲或家庭主妇似的,当天想到什么菜就烧什么菜。而客人也像回到家里一样,她烧什么菜就吃什么菜,不需自己点菜。这个小酒店的这一经营特色,招来了不少客人,有一位叫船的顾客竟在她的店里吃了 25 年午餐。

　　这位叫船的顾客一口气说出了他在这儿连续吃午餐的数十个原因,其中若干个都跟老板的善解人意有关。船第一次到这里吃饭是因为他工作被炒掉,而他当月的薪水又被贪婪的上司扣发,所以他带着一肚子委屈和苦闷来到了这个小酒店。但他没想到自己会被酒店的女老板狠狠地批评了一通,因为爱喝酒的他怕在酒店里买酒太贵,每次吃饭前总要在外面小店里买一些劣质酒。他被老板训斥的原因是因为他的脸色不好,象征着他的肝脏不好,女老板给他换了一瓶对肝脏有保护作用的温酒,并免了他的酒水费,本来心情很不好的他得到了一份莫名的关心,一下子食欲大增。

　　船还说了和一位正闹离婚的朋友一起在拉·维耶酒店吃饭的故事。那天酒店里的一道菜和船的那位朋友的妻子常常做的是一个味道。女老板不一会儿走来问菜的味道怎么样,当时问船的朋友时,船的朋友拼命地点头说:"味道不错。"船的那位朋友回家后,发现妻子做的正好是他刚吃过的那道菜,忍不住想对比一下。结果尝完以后,感觉很好,便大声对妻子说"味道不错",他妻子幸福得差点掉下眼泪。因为结婚以来,这还是他第一次夸奖妻子,妻子正因为他不善解人意而跟他闹离婚。船的这位朋友后来常到这个小酒店吃饭。

据法国该地方晚报报道,该报生活副刊曾用两个版面刊登了拉·维耶酒店顾客的故事,他们的故事各不相同,但他们却能众口一词地说出善解人意的女老板某一天的某个举动。而接受采访的女老板却说了许多顾客爱吃她们饭店剩饭的故事,其中包括船,女老板说常去她那里吃饭的人会给她带去一些好的菜谱甚至自己家的新鲜菜。采访她的记者说:"看来,善解人意是可以传递或者传染的。"

　　以诚相待是女老板成功的秘诀,女老板真诚的付出换来的不单是经济效益,更重要的是她得到了人们的爱戴与尊敬。其实获得理解并不难,只需要用心去体会他人的情感,用爱去温暖每一颗心灵。

抚摸

下午 5 点 30。现在我知道躺在手术台上是什么感觉了。我,是一名外科医生,腹部刚刚做了紧急手术。他们说我会好的。但躺在这间无菌手术室里,我感到燥热,浑身发抖,一生好像都没这么疼过。

我开始理解我的病人眼中的那种忧虑和些许的害怕,还有他们有的伸出手来握住我的手的本能,这是我头一次理解。然而,陌生人触摸我或是我触摸陌生人总让我感到很不舒服。只有病人在熟睡时,我才能专心地对付一根骨头或是一根血管。全神贯注地做手术而不必在意那个人。触摸病人是每日例行的公事之一,我按照在学校里学的那样做:职业性的,不带任何感情色彩,动作尽量短而明确。现在我受到的就是这种触摸。

晚上 7 点 12。他们熟练地护理我。每个人都有板有眼,都很有效率。

有多少次都是我站在病人的床头,下巴剃得光光的,淋浴得干干净净,处在控制的地位,命令别人而不是接受命令,向下看而不是向上看。

但是今晚,在这间充斥着消毒液气味的柠檬黄色的病房里,我不是医生,只是一个普通人:结婚了,有三个孩子,平时打网球,最喜欢的季节是秋天。以前疼痛从不是我经常性的伴侣,现在我生活的目标是不靠别人给自己洗澡。

我害怕了,对别人护理自己感到了厌倦。

凌晨 2 点 15。另外一间阴暗的病房浮现在我的脑海中:那时我年轻,是住院医生,正面对着我的第一个濒临死亡的病人,她瘦成了一把骨头,面色惨白,神志不清。给我印象最深的是她轻轻地叫喊一个调子,持续不断,伴着抢救器械的"咯咯"声。那晚我做了"医生"该做的一切,但还是没有用。

早晨 6 点 22。在黑暗中度过的那几个小时里,他们不停地拨动我、检查我,现在来的是早班护士,她上了岁数,长得像株可爱的圆白菜。她拉开窗帘,给我换床单,检查脉搏,一步步做完自己的工作后,向门口走去。然后,她转过身,走到水槽边,蘸

湿一条干净的毛巾,轻轻地擦我没刮过的脸,说:"这一定很难熬。"

泪水涌上了我这个一向漠然、克制的医生的眼睛。她竟停下来体会我的感受,用那么一句准确而又简单的话来分担我的痛苦:"这一定很难熬。"

她并不是仅仅检查脉搏或是换换床单,她真正抚摸了我。有那么一刻,她的手变成了上帝之手。

"你对我微不足道的兄弟所做,即是对我所做。"当我下定决心以后不是去"触摸"一个躯体,而是去"抚摸"一个人的时候,《圣经》上的这句话在我耳边响起。

"触摸"与"抚摸"的最大区别就是那双手是否带有一颗真诚的心,我们应该用这颗心最大限度地去感受一切,温暖他人的心。相信一双带着抚慰与爱的双手能够抚平世间的一切创伤。

永不贬值的财富

那是 10 多年前的事。当时 16 岁的我以优异的成绩考入了大学,这在偏远的山区可是件新鲜事,村里为此专门请乡电影队来放了场电影,以示祝贺。左邻右舍,张王李赵的婶子、大娘知道我们家穷,也都你家十元他家八元地往我家送钱,帮我筹学费。望着桌上那堆零碎的人民币,我被这淳朴的乡情和善良的父老乡亲深深地感动着。

但令我终生难忘的却是入学前发生的一件事。那天上午,我正在家里收拾行李,准备启程。忽然,听到门外有个苍老的声音喊:"山子他娘在家吗?"母亲听见了,赶快去开门。门外站着村里那个瞎眼的老婆婆。老人家一生没有孩子,与她相依为命的老伴死后,她大病一场,两眼便失明了。平常只好握着根竹竿摸索着向左邻右舍要地瓜皮子度日。母亲急忙把瞎眼婆婆让进屋里坐下,然后,喊我倒茶。瞎眼婆婆对我母亲讲了一大堆赞扬我有出息的话,然后把我喊到她身边,用她那枯柴似的手颤颤巍巍地从灰蓝色的土布兜里掏出了一张皱皱巴巴的一元钱,对我说:"山子呀,我这个瞎老婆子也没钱,这两元钱是我用地瓜皮子从小贩手里换来的,两毛钱一斤,我共卖了 10 斤,你别嫌少,添着买本书吧。"

怎么,两元钱?瞎婆婆手里分明拿着一元钱呀!望着瞎婆婆那满脸刀痕似的皱纹、干瘪的眼睛,我和母亲瞬间都明白了。多么奸诈的小商人,他们竟伤天害理地欺骗一个孤苦伶仃的老婆子!要知道,这 10 斤地瓜皮子,瞎婆婆要风里来、雨里去在黑暗中摸索多少天,奔走多少户呀!"怎么,你嫌少?"瞎婆婆的话打断了我的沉思,母亲含泪示意我快接下,我颤抖着手从瞎婆婆手里接过那山一样重的"两元钱",眼泪已经夺眶而出。

许多年了,如今瞎婆婆早已到另外一个世界去了,但老人家留给我的那一元钱,我却一直珍藏着。因为在我的眼里,它已不再是普通的一元钱了,而是一笔取之不尽、用之不竭、永不贬值的精神财富,它让我在人际关系日益商品化的今天,懂得如何用一颗真诚的爱心去对待身边的每一个人。

两只狼的交战

一位年迈的北美切罗基人教导孙子们人生真谛。

他说:"在我内心深处。一直进行着一场鏖战。交战是在两只狼之间展开的,一只狼是恶的,它代表恐惧、生气、悲伤、悔恨、贪婪、傲慢、自怜、怨恨、自卑、谎言、妄自尊大、高傲、自私和不忠;另外一只狼是善的,它代表喜悦、和平、爱、希望、承担责任、宁静、谦逊、仁慈、宽容、友谊、同情、慷慨、真理和忠贞。同样,交战也发生在你们的内心深处,发生在所有人的内心深处。"

听完他的话,孩子们静默不语,若有所思。

过了片刻,其中一个孩子问:"那么,哪一只狼能获胜呢?"

饱经世事的老人回答道:"你喂给它食物的那只。"

人生在世,善恶相济,悲喜相交,这是一次心灵的历程。人处在这命运的转折点,时刻面临着善恶的抉择。因此,请以理智的头脑站在善的阳光下,你会发现幸福与美丽无处不在。

守财奴与死神

有个守财奴一直都很勤奋而且俭朴,他积蓄了30块银元。

终于有一天,他决定要享受一年豪华快乐的生活,然后再决定下半生怎样过。

可是,就在他开始停止奔波赚钱的时候,死神来到了他面前,要取走他的生命。

守财奴费尽唇舌,请求死神改变主意。最后他说:"那就多赐给我三天吧,我会把我所有财富的1/3送给你。"

死神无动于衷,仍然继续坚持取走他的生命。守财奴又说:"如果你让我在这世上多活2天,我立即给你20万块银元。"

死神没有理会,后来他甚至愿意用自己积蓄的30万块银元交换1天的生命,也没有得到死神的同意。

守财奴没有办法,只好说:"那么请你开恩,给我一点点时间,写下一句话留给后人吧。"

这次死神应允了他的请求。守财奴用自己的鲜血写道:"人啊,记住:生命是最宝贵的,所有的财富买不了1小时的生命。"

生命诚可贵,虽如流星转眼逝去,却绽放出无尽的华彩。因此,请不要为世俗功利而遮住你的双眼,珍惜这仅有的生命,在有限的时间里享受每一天的喜怒哀乐,用大的努力去为梦想而奋斗。

幸福已经满满的

中专毕业后我当了一名护士,和大多数人一样,我的生活平凡而平淡。我不太留意这个忙碌的世界,这个世界也以它的现实漠视着我。随着时间的推移,我发现我曾经不太留意的这个世界对我有着越来越多的诱惑。于是平静被打破了,我便总想得到更多。

我不是彻底的物质主义者,但我愿意享受生活。我希望可以过上一种足以称之为"幸福"的生活,却不能为"幸福"下一个准确的定义。上小学时有一篇课文《幸福是什么》,我想现在没有人愿意相信小学课本里的东西了,包括我。

去年夏天的一个极普通的下午,我百无聊赖地在街上走着。街上人多车多,一辆摩托车撞倒了一个农村小女孩。小女孩跟着她的父亲,那父亲苍老而贫寒。车主是城里所谓的"痞子",撞了人后扬长而去。看着街头相依的父女俩我默默叹息着,于是走上去看了小女孩的伤口,说:"算了,我带她上医院包扎一下。"老农感激地带着女儿跟我去了医院。他在路上说他没法子,乡下人穷,进城来卖点儿水果,没想到遇上这样的事。对我,他谢了又谢。我帮小女孩包扎好,说不碍事,过几天就好了。老农从口袋里掏出一卷零钱,战战兢兢不知要付多少医疗费,我说不用了。父女俩千恩万谢地走了。

这件小事我很快忘了,我策划着一种又一种的生活方式,然而却一次又一次地碰钉子,于是我在一个夜班时悲哀地想,幸福离我是越来越远了。那一个夜班我心乱如麻。清晨点,我伏在窗口看外面忙碌的世界,不知道自己的位置在哪里。

有人叫我:"医生,医生!"我回头,叫我的不是病人或家属,但似曾见过。想起来了,是不久前我帮助过的农村父女!

小女孩拉拉她父亲的衣角:"是那天的阿姨。"老农放下背着的大口袋,口袋看样子很沉,可他这么大岁数却背得稳稳的。老农笑着说他女儿头上的伤全好了,多亏好心的我。这次进城,他们是专程来谢我的。说着便把沉沉的大口袋解开,天哪,里面是满满一口袋桃子!又红又大,多得让我吃惊。老农说那是他全家细细挑的,乡下人没什么好送,就送些桃子表表谢意吧。我惊讶得说不出话来。真的,那一刻我竟有点儿眼睛湿润的感觉,为父女俩简单而质朴的谢意。我请他们坐下,突然想起现在才7点,哪儿有这么早的车?对我的询问,老农说,他们早上5点就出门了,走了2个小时才到这儿。我说怎么不晚点儿好乘车来呢?老农憨然地笑了,说乡下人不比城里人,走惯了……

送走父女俩,我看着那足有30多斤重的桃子,想到他们一家人在那摘,在院子里细细地挑,想到他们走了二十几公里的路把桃子送给我,想到他们简单而淳朴的心愿:希望报答好心的医生,希望小女儿上城里的高中,希望成绩好的小女儿像我一样,有好的工作和生活……

我从不知道我是如此的幸福——年轻、能干,有学问、有一份好工作、有一颗好心。看着那满满一口袋鲜艳的桃子,我知道我拥有满满的幸福。那幸福就像这又大又红的桃子,一个一个真实可触,是那么满满的、满满的。

我想我可以为幸福下一个定义了。珍惜你所拥有的每一样东西,你会发现,幸福简单得让人无法置信。

幸福是一种生命的满足,它透过平凡的生命,折射出的是人性的光辉。体味沁人心脾的感动,感悟芳香四溢的爱心,幸福会在不经意间来到,在你的身边散发着芬芳……

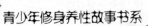
红包里只有 1 元钱

那天,忙完三十几桌喜筵后已经是夜里 11 点多了。回到宿舍,睡在我上铺的阿强还没有睡。见我一脸疲倦,他关心地问:"今天不是你轮休吗,怎么又上班了?""订喜酒的,后厨忙不过来。""忙到这时老板有没有奖赏呀?""赏了,1 枚 1 元硬币。"我有些无奈地笑笑。

我和衣躺在床上,随手将那个小红包扔到床头的玻璃瓶里,一共有,5 枚了。闭上眼睛,记忆将我拉回到 5 年前。

那时,我刚从沈阳的一所服务中专毕业,正赶上我现在的老板黎先生来学校招人。冲着不错的待遇和环境,我与黎老板签订了用工合同,来到了珠海这家龙欢阁大酒店。

我最初在酒店的后厨做荷手(大厨的助手)。刚开始上灶,在学校学的那点手艺根本不顶事,常常挨大师傅的骂。一次,做"水晶咕▌肉",肉过油时有一点过火。端给大师傅挂晶时,师傅一看颜色就知道不对劲,狠劲在我的屁股上踢了一脚,骂道:"混蛋,你想砸我饭碗呀!"我急忙尝了一口,肉硬得有些硌牙。最后,我自己掏钱把那盘肉买下来,作为教训和惩罚。

自那以后,我处处倍加小心,每天更加勤勤恳恳地跟大师傅学手艺。苦于了 4 年,终于升任为二厨。虽然可以掌勺了,但做的都是一般菜,酒店的招牌菜仍是大师傅们的专利。

一天中午,酒店接待了一个 100 多人的台湾旅游团。按照旅行社的规定是配餐,菜很简单。于是当班的大厨陈师傅便请假去药店买药,后厨只剩下我们几个二厨照单下料做菜。快忙完时,大堂经理急匆匆跑到后厨问:"有桌客人单点了咱们酒店的招牌菜'鱼龙争珠',陈师傅回来没有?"

"没有。"我忙应道,"要不赶快派人去找他?"

"来不及了,等找回来客人也走了。"经理急得直转圈。"不行,你们谁试试?"

"我们哪敢做?做砸了会影响酒店的生意。"阿强在一旁说道。

石头与陶罐

“经理你先别急，我见过陈师傅做过，我想试试。”我试探着问经理。

“救场如救火，你赶紧动手吧。”说完，经理边擦汗边离开了后厨。

我在阿强等人的注视下，一副重任在肩的神情，吩咐备料、净勺……“鱼龙争珠”端上桌时，那道菜的卖相居然令客人们赞叹不已。其实，我心里很清楚，那菜的味道要比陈师傅做得差了三成，只是客人大多没有吃过，不是内行，不容易辨别出来。后来，经理将这事告诉了黎老板。于是我有了一个装了一枚硬币的小红包。这之后又有了第二个、第三个……

对于这个只装了1元硬币的小红包，我虽心有疑问，但毕竟是老板赏的，是对自己工作的肯定，所以也没太在意它的多少。而这个谜直到今年除夕夜才被揭开。

除夕夜，送走了客人。老板吩咐在三楼大厅摆两桌酒席，与留在酒店过年的员工共度佳节。席间，黎老板再次给在座的每个员工发了一个装有一枚硬币的小红包。我终于忍不住，好奇地问他：“老板，你为什么每次奖励的都只是一枚硬币呢？”我的问话一下挑起了大家的兴趣，大家都用探询的目光注视着黎老板。

黎老板沉思了片刻开口道：“我刚到澳大利亚悉尼留学时，在一家餐馆打工。每天中午都有一个叫约翰的先生来餐馆吃饭，并总坐在我负责的那张餐台旁，吃完饭就坐在那里看报纸喝茶，直到下午两三点钟才离开。他每次就在桌上放一枚硬币作为我的小费。当时我们的餐馆生意很好，中午的客人也很多，如果约翰吃完就走，我可以多收几十元的小费。别人都劝我将约翰撵走，可我总是不忍心开口。后来，我就在桌下挂个小铁桶，把约翰付的小费积攒起来。那年的圣诞节，约翰也被邀请来参加聚餐会。约翰那天很高兴，他的公司刚刚渡过危机。他当着大家的面说：为了感谢阿黎长期耐心的服务，我将用10元钱换一个硬币的办法奖励阿黎。那晚，我得到了2000澳元。后来，我用这笔钱开始了我的商海生涯。”

黎老板喝了一口酒接着说：“我之所以要在红包里装一枚一元硬币，是希望大家的人生每一步都能从一点一滴做起，脚踏实地，最终走向成功。为了感谢大家对酒店的贡献，我将用一百元换一枚硬币来奖励大家。”

黎老板的话音一落，大家都鼓起掌来。

那晚，我没有用硬币去换纸币，我觉得这6枚硬币远比那600元纸币更有意义，因为它是我成长过程的最好见证。

“千里之行，始于足下”，点滴的积累才能收获累累的硕果。生活是靠自己脚踏实地走出来的路，只要你付出就会有回报。珍惜眼前的一切，做好自己的工作，这就是成功最简单的办法。

走过泥泞

至今还清晰地记得手握高考成绩通知单时那种撕心裂肺的感觉，被巨大失败击倒的我已是欲哭无泪，只知道那一刻脑海中满是无尽的茫然。这是真的吗?这怎么会是真的?恍惚如在梦中的我怎么也面对不了严酷的高考现实:一向被老师和同学公认的优秀生的成绩不理想。祈求着出现奇迹的我又一次展开了那一张早被揉皱的成绩单，那刺眼的分数依然在"大放光彩"。一心追求名牌大学的我又怎情愿去念一个当初被老师和同学嗤之以鼻的无名学校?即使我为了逃避现实选择了无奈，老师的惋惜和父母慈爱的劝勉也让我心有不忍啊!

于是，我别无选择地念了"高四"。

经过无数次的思想斗争，被击得信心全无的我终于捡回了一些失落的自信。我每天早早地起床，早锻炼之后便迅速到教室，重新拾起那些陪自己度过三载严寒与酷暑的课本，专心致志地学起来。可以说，刚进复读班时，我的心情还是比较平静的，那时的我有一个非常执著的愿望。扎扎实实地学下去，争取高考取得佳绩。

或许是自己太在意分数，或许是一向有些好强的我太看重每一次考试，一心追求高分的我容不得自己偶尔几次分数偏低。当面对着那几张让我兴趣全无的试卷时，无形的忧郁、莫名的焦躁铺天盖地地向我逼来。那一刻，我分明感觉到自己的学习热情在慢慢减退。我害怕出现这样的低热度现象，无数次在内心激励自己，积极一点，快乐一点，然而这些给过我好多次帮助的自我暗示也完全失效了。

接下来的一两个月里，我完全掉进了失意的深渊，平日的生活再也激不起一点波澜，生活中真真实实的快乐已远离我而去了。当我试着伸手去抓些什么时，结果只是徒然，只能泪眼模糊地面对着空空的双手。

我害怕艰辛的付出又一次付诸东流，我不忍再次面对历经沧桑的父母试图掩饰眼中的失望安慰我的伤心一幕……梦魇般的两个月里，我一直处在一种极度低落的状态里，同学们的好心劝勉也无济于事。上课时，我往往是眼睛死死地盯着黑

石头与陶罐

板,脑海中却一片空白。我甚至想到丢掉无望的学业,跟随那些万般无奈才外出打工的女孩去漂泊,那种强烈的愿望几乎是渗进了我的骨子里,挥之不去。可是我又痛苦地发觉这是不可能的,我怎能向父母提及此事,难道我还想再一次刺伤他们早已伤痕累累的善良的爱女之心?

三月会考快到了。同学们都在紧张地复习备考。唯有我,唯有我有如此"闲情逸致",自怜自艾。当我整夜整夜地难以入眠时,身心俱疲的我写了一封长长的信给班主任谢老师,一位让我此生感激不尽的恩人,倾诉了我所有的忧郁。谢老师当晚就找我谈了话,他如同亲兄长般给我谈起前几届的一个女生,她像我一样复读,忧郁。她像我一样当高考一天天逼近时烦躁不安,最后向老师说出不想读书的想法。老师邀女孩出来谈心,告诉她人生总不免会有挫折,告诉她只要咬紧牙关,前面就会是一片艳阳高照的天空,告诉她足以受用一生的关于生活的灵丹妙药。女孩愁云密布的脸终于绽放了开心舒畅的笑容,那一个七月对她来说是美丽无比的。

"人生没有走不完的胡同,拐不过的弯,只要你勇敢地向前走。"谢老师满怀期待地对我说,"你不会是一个经不起一点儿挫折的女孩。不在乎结局怎样,只要你真的有过积极的付出。"老师朴实的话语奇迹般给我再次注入了生命的活力,我心灵的顽石终于在那个美丽异常的夜晚轰然而开,顷刻间,久压在心头的忧郁烟消云散。

有了希望和信心的日子就是不一样,灿烂的阳光终于洒满我生命中的每一寸土地,我惊奇而又兴奋地发现,拥有快乐原来如此简单,只要你敢于打开心结。

快乐如风的我轻轻松松地走过五月、六月,奔向绿色的七月。

如今,我身处美丽的桂子山校园,快乐而充实。

那些经历——那些让我由脆弱爱哭变得不知何为忧郁、敢于冒着风雨迎头而上的经历,让我此生受用不尽。

人难免因悲伤失意而陷入困难的泥沼。把不幸说出来,负担就会减轻。人与人的沟通传递的不只是信息,还有丰富的情感。试着把自己的情感与人分享,它会帮助你走出泥沼。

一句话一辈子

有这么一个寓言故事。在茂密的山林里,一位樵夫救了一只母熊,母熊对樵夫感激不尽。有一天樵夫迷路了,遇见了母熊,母熊安排他住宿,还以丰盛的晚宴款待了他。翌日早晨,樵夫对母熊说:"你招待得很好,但我唯一不喜欢的地方就是你身上的那股臭味。"母熊心里快快不乐,说:"作为补偿,你用斧头砍我的头吧。"樵夫按要求做了。若干年后,樵夫遇到了母熊,他问:"你头上的伤口好了吗?"母熊说:"噢,那次疼了一阵子,伤口愈合后我就忘了。不过那次你说过的话,我一辈子也忘不了。"

真正伤害人心的不是刀子,而是比刀子更厉害的东西——语言。古人说:"口能吐玫瑰,也能吐蒺藜。"通过一个人的谈吐,最能看出其学识和修养。善良智慧或者温厚博学的语言,能融冰化雪,排除障碍直抵对方心岸。

读中学的时候,语文老师给我讲过一个故事:

二次世界大战后期,盟军准备发动一次大攻势,盟军统帅艾森豪威尔在一天傍晚来到莱茵河畔散步,看见一个神情沮丧的士兵迎面走来。艾森豪威尔打招呼道:"你还好吗,孩子?"那青年士兵回答:"我烦得要命!"老师讲到这里,让我们猜猜艾森豪威尔将如何回答。

同学们纷纷举手,一个同学说:"他是盟军统帅,一定会说战争就要打响,你为什么萎靡不振?"另一个同学说:"你沮丧什么?是不是贪生怕死?"

后面发言的几位同学大都是差不多的说法。

老师摇了摇头:"艾森豪威尔说,嗨,你跟我真是难兄难弟,因为我也心烦得很。这样吧,我们一起散步,这对你我会有好处。"

艾森豪威尔没有打任何官腔,他那平等、亲切的人情味,让那个士兵受到感动,并以有这样的统帅而振奋,后来在战场上表现得十分英勇,多次立功。

一句抚慰人心的话,能够照亮你的心灵,甚至会影响你一辈子的生活态度。因为一句话,总有一些身影让我们感动,总有一些面孔将我们暗淡的心重新点亮。

　　记得那个灰色的七月,高考落榜的我黯然神伤,无法面对现实。我的老师对我说:"人生就是这样。快乐自然令人向往,痛苦也得承受,这是真实的人生之途。你不必为一次的失败而烦恼。其实人生的每一种经历都是一笔财富,就看你如何去体会,如何去理解。"最后他语重心长地对我说:"摔倒了就要爬起来,别忘了再抓一把沙子。"如今,将近八年了,老师的话还不时地在我的耳边响起。每当我遇到挫折时,我就会想起老师的话,吸取教训,鼓起勇气,迈向新的目标。

　　一句抚慰的话,不仅能荡涤你心中的阴郁,更能燃起对生活新的希望。一生中我们听过许多抚慰的话,但只有真情实意的开导才使我们受益,因为那是心灵交流撞出的美丽的火花。

感激

在 17 岁那年,我告别了美丽的校园。这意味着我将从此踏入社会,从此开始一种真正意义上的生活。

同众多的农家孩子一样,第二年一过年,我便跟着我们那儿的一个包工头外出干起了活。对于大多数生长在农村的孩子来说,劳动永远是他们走出校园后的第一堂公共课。一茬又一茬的农民就是这样成长起来,又一步一步走向成熟的。

五月间,我们在河南焦作接下了一座高十层的楼房活儿。

工程进行得还算顺利,七月的最后一天,楼房建成了。可是当我们拆下那高耸的脚手架时,才发现第十层所有的侧杆都被牢牢地筑死在楼房的墙壁上。那些胳膊一般粗的钢质家伙,在第十层楼的外墙壁上围了整整一圈,足足有 100 根!

包工头戴着墨镜朝我走来,我看不见他的眼睛,但我马上明白我该做些什么了。包工头掏出香烟的时候,我轻声说:"不用了,我上!"事实上我十分清楚,即使他什么也不掏,我也得上。我神色庄严而肃穆,甚至能感觉到自己很有一种"风萧萧兮易水寒,壮士一去兮不复还"的悲壮情怀。

的确,即使是脚踏实地去割那一百来根钢管,也不是件容易的事,更何况现在是悬空作业,艰苦自不必说,而且十分危险,稍有疏漏,就可能丢掉性命。

可是为了生活,我不得不硬着头皮拼一拼。在这个世界上,我们每一个活着的普通人,都会遇到类似的情况。为了生活,我们随时都在准备着流血。面对危险,有时候我们甚至想都不想就会冲上去,而丝毫顾不得可能出现的后果。从这一点看,一个人能够活在世上,是多么不容易啊!

没有多久,我就被一根绳子吊在空中。可那是怎样一根绳子啊!拇指粗细,一个结一个结的,也不知是几段绳子接在一起的,而且是一根麻绳!当我举起焊枪——唉,这就是我们最先进的切割工具,这些我都能忍受。可是当包工头在楼顶上喊道"1 根焊条,3 根侧杆"的时候,我难受地闭上了眼睛。重物不重人,还有什么比这更让人痛苦的呢?停了一会儿,我睁开眼睛,用力瞪着,把泪水逼了回去。唉,这就是我们的包工头,作为一个有血有肉的人,我们为之感到痛心,可是作为一个普通人,我们又无法过多地指责他,因为他的所作所为,正好符合了他的身份和地位。在这个世界上,这样的人还很多,他们同我们大多数人一样,都是芸芸众生中的普通一员。他们的所作所为,并没有超出一个普通人应有的规范。

看来,生活中并不是每个人、每件事都能让我们感动的。

我终于又举起焊枪,电火花强烈地刺激着我的眼睛,我没有戴焊帽,工地上没有这玩意儿。事实上即使有,我也无法用上!我右手拿焊枪,左手拿着托板,托板上还端有抹子和水泥(水泥是用来堵切下钢管后留在墙壁上的孔洞的)。

七月的太阳烤着我的身体,我根本无法计算自己究竟流了多少汗水。直到后来,我的汗都流干了。

可敬的人们,当你们在某座楼上享受美好生活的时候,你们可曾想到,有多少人曾为你们住的楼房洒下他辛勤的汗水!是的,任何一种生活的幸福,都是无数汗水浇灌的结果。劳动,永远是我们生活的主题,永远是幸福的源泉。

4个多小时过去了,工作终于接近尾声。当我割下最后一根钢管,把最后一点儿水泥用尽全身的力气堵住那个孔洞后,我的胳膊再也抬不动了。我目光茫然,也不知望着哪一个方向。恍惚中我突然发现,在我的脚下,说准确点,是在这座楼房旁边的那条大马路上,不知什么时候,已经停下了黑压压一大片人。他们全都仰着头,那么专心地望着我。泪水一子涌出我的眼眶。我百感交集,但却说不出一句话,也做不出一个表情,只能任泪水爬满脸颊。

可亲可敬的人们啊! 我应当感谢你们。感谢你们为一个陌生的人驻足停留,感谢你们为一个劳动者抬头观望。你们增添了一个普通人生活的信心,你们维护了一个劳动者应有的尊严。

斗转星移,3年的时间一晃过去了。3年来,我不知道自己流了多少汗水,受了多少委屈,吃了多少苦。可是不管生活怎样艰难,不管命运怎样把我一次又一次推向苦难之门,我从来都没有屈服,没有被困难吓倒。我始终满怀感激地生活着,不论是对父母、亲友,还是对那些陌生的人群,我都怀有一种说不出的感激之情。

对于一个心中充满感激之情的人,又有什么能够使他向生活低头呢?

生活赋予我们太多的感激,使我们摆脱爱的贫乏,学习到爱的价值。即使是微小的帮助,对身处困境中的我们来说也如雪中送炭。常怀感激之心,你会体味生活中的温暖与人间真情。

圣诞快乐

　　"我永远也不会忘记你的。"老人一边说，一边流泪。泪水从他那如同粗糙的皮革一般的面颊上流下来。"我已经太老了，不中用了，再也不能照顾你了。"蒙西多普瑞歪着脑袋，一双闪闪发亮的眼睛忠诚地盯着它的主人。它发出低沉的呜呜声，毛茸茸的大尾巴摆来摆去，好像在问："你说什么？"

　　老人清了清嗓子，说："我已经不能照顾我自己了，更不要说照顾你了。"他从衣兜里掏出一块手绢，使劲地擦了擦鼻子。"我马上就要到老年福利院去住了，我告诉你，我非常难过，因为你不能到那里去看我，那里不让狗进去，你明白了吗？"老人慢慢地弯下腰，一瘸一拐地走近蒙西多普瑞，轻轻地抚摸它的头。"不过你不要担心，我的好朋友。我们还可以为你再找一个新的家。这不成问题。你这么聪明，这么漂亮，这么善解人意，谁都会为你这样一只好狗而骄傲的。"

　　蒙西多普瑞使劲地摇着尾巴，在厨房的地板上走来走去，它最熟悉的老人身上那轻微的麝香味和厨房里的有点儿油腻的食品气味使它觉得十分快活。可就在这时，这几天常常出现的那种使它畏惧的感觉又一次出现了。它的大尾巴马上耷拉下来，它慢慢地转过头来，看着自己的主人。

　　"过来。"老人喘息地用两只手扶着沙发，吃力地跪到地板上，充满深情地抚摸着他最亲近的朋友。他拿出一条鲜红色的丝带系在它的脖子上，在它的颈前打上一个大的蝴蝶结，然后在蝴蝶结上又挂上一张硬纸卡片。做完这些，老人又喘息了好一阵。

　　蒙西多普瑞有几分不安地来回摇着脑袋，"这上面写着什么？"它弄不明白。老人清了清嗓子，对它说："这上面写的是'祝你圣诞节快乐！我的名字叫蒙西多普瑞。早饭我喜欢吃咸肉和鸡蛋，玉米片粥也行，午饭我喜欢吃土豆泥和一点儿肉。就这些，我一天只吃两餐。作为对你的回报，我将成为你最忠实的朋友。'"

　　"汪汪。"蒙西多普瑞坚决地拒绝了老人。它的眼神里充满了恳求，好像在问：

"你到底要干什么?"

老人又一次用力地擤鼻子,然后扶着沙发慢慢地站起来。他穿上大衣,用颤抖的双手系上扣子,抓住蒙西多普瑞脖子上的皮带,温和地说:"来吧,我的朋友。"

老人打开房门,一阵刺骨的寒风立刻向他们扑来。黄昏已经降临。老人坚定地站到门口,蒙西多普瑞却使劲往后退,它不愿意在这个时候出门。

"别再拽我了。我向你保证,你跟着别人过会比跟着我过要好得多。"老人的声音颤抖着。

街上没有一个人影。老人和它顶着寒风一声不响地向前走去。老人边走边认真地看着路边那一幢幢房子。天上飘起了雪花。

走了好一阵,他们来到一幢老式的维多利亚风格的房子前。这房子周围有很多松树,在寒风中摇摆着,发出飒飒的响声。他俩的身体在寒风中禁不住地发抖,但老人还是仔细地看着这幢房子。

这一定是个温暖的小康之家。每一个窗户里都闪着各色光芒的小彩灯,低声唱出的圣诞歌声随着风声传了出来。

"这个家一定会对你很好。"老人声音哽咽地说。他松开牵狗的皮带,轻轻地打开这家的院门,弯下腰用颤抖的双手抚摸着蒙西多普瑞的头,说:"过去吧,上台阶;然后去抓门把手。"

蒙西多普瑞轻轻地走上前去,在这家的门前站住了,它回过头来看了看主人,又一声不响地跑了回来。它弄不懂主人要干什么。

"过去!"老人使劲地推了它一下,用粗暴的声音向它吼道,"我对你再也没有用了,你给我走!"蒙西多普瑞伤心极了,它认为主人再也不爱它了。它当然不知道主人就是因为爱它才忍痛这么做的。它不情愿地慢慢地走近那房子,走上台阶,伸出一只爪子拍了拍门,"汪汪汪!"

它回过头来,看见老人把自己的身体藏在一棵树的后面,探出头来正看着它呢。一个小男孩开了门,他家里的充满温馨的灯光从他的身后弥散出来。当他看清蒙西多普瑞时,不禁把双臂高高地举起,大声喊道:"哎,快来!爸爸妈妈!快来看圣诞老人给我的圣诞礼物……"

透过涌出的泪水,老人看见那男孩的妈妈解下蒙西多普瑞脖子上的那张硬纸卡片,细心地读着,之后她蹲下来轻轻地抚摸着它,又向门外张望了一下,体贴地把蒙西多普瑞领进家里。

老人的脸上现出一丝笑意,他用大衣的袖口去擦眼泪,那袖口上已经结了一层

薄冰,是寒风把他的泪水结在了上面。

"祝你圣诞快乐,我的亲爱的朋友。"老人低声说着,消失在黑暗中。

人难得舍得,难得牺牲。回报生活与所爱的人需要的不只是关爱,有时是理解与忘记。快乐是发自内心的祝福,是牺牲与奉献的无私,是忘我的真情,是幸福了整个世界的爱与温暖。

一棵葱

陀思妥耶夫斯基总能让我感动。一天深夜我读《卡拉马佐夫兄弟》,陀氏给我讲了这样一个小故事,照录如下:

从前有一个很恶很恶的农妇死了,她生前没有一件善行,鬼把她抓去,扔到火海里面。守护她的天使站在那里,心想:我得想出她的一件善行,好去对上帝说情。他记了起来,对上帝说道:"她曾在菜园里拔过一棵葱,施舍给一个女乞丐。"上帝回答他说:"你就拿那棵葱,到火海边去伸给她,让她抓住,拉她上来。如果能把她从火海里拉上来,就拉她到天堂上去;如果葱断了,那女人就只好留在火海里,仍像现在一样。"天使跑到农妇那里,把一棵葱伸给她,说道:"喂,女人,你抓住了,等我拉你上来。"他开始小心地拉她,已经差一点儿就拉上来了,可是在火海里的别的罪人看见有人拉她,就都抓住她,想跟她一块儿上来。这女人是个很恶很恶的人,她用脚踢他们,说道:"人家在那里拉我,不是拉你们,那是我的葱,不是你们的。"她刚说完这句话,葱断了。

陀氏在故事之后指出:如果一个人做了善事,哪怕那善行只是施舍了一根又细又小的葱,上帝的爱都会有如太阳一样,照在你身上,引导你走向真理之路。这颇有一些"勿以善小而不为"的味道。

由此我想起我的一位同学。一天她在路上看见一位老人的鞋带开了,她想,如果老人行走时不小心踩上鞋带将会很危险的,于是她弯腰帮老人系上鞋带,并搀老人过了马路及地下通道。分手时老人问她姓名及地址等,她只说了工作单位,没想到老人找到了单位。有一天老人忽然打电话给她:"我摔了一跤……"她匆匆买了些东西赶到老人的住处,其实老人也只是绊了一下,并无大碍。老人拿出自己的美能达相机及进口手表死活让她收下……

聊起这些事来,我的一位同事大不以为然:"她只是在最恰当的时候碰到了最恰当的人。"她颇有不平之色地说:"好人总难有好报。像我,在 XX 困难时借给他一

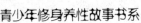

千块钱,他现在每月挣好几千也从不提还钱的事;我费了多大的劲帮别人找到工作后,他们就再也不认识我了;我帮助……"

我不禁哑然。我真想对她说:你错了。你体会不到助人的快乐是因为你与我的同学的本质区别就在于对"那棵葱"的不同态度上。当我的同学向那位年逾八旬的陌生的老人递过"那棵葱"时,她并没有想到收回;而你在每递"一棵葱"时都想着"那是我的葱",想着再把"那棵葱"收回来。而且,看看我们的周围,其实许多人都抱着同样的心态,这就不难解释为什么许多人会不畏艰难、尽心尽力地为亲戚、朋友、熟人帮忙,而从一个仅仅只需要搀一把的陌生人身边漠然地走过。

像陀思妥耶夫斯基所揭示的,在天堂里有许多人,每人只施舍了一棵葱,而人的某种高贵的事业就是从一棵小葱开始的。

不要把施予变成一种索求,不要把行善当成是利益的交易。施恩不图报,因为帮助别人本身就是自身道德的升华、人格的完善,其中不夹杂任何功利色彩,而有代价的帮助只能使你背负沉重的负担。

绿色的枫叶

　　红色的枫叶是人们所喜爱的,这不仅仅是因为它有珍藏的意义,更为主要的是那小小的叶面上凝聚了博大的思想。所以人们都愿怀着不同的心境在红枫叶上寻找象征,寻找寄托。于是有红叶题诗,有遥寄的思念,有青春的风采,有火热的爱情,有如歌的生命,有缤纷的事业。这一切一切都通过红枫叶这无声的旗语摇曳出来,慰藉着人们的情感。

　　我爱红枫叶,但更爱绿色的枫叶,这是今年我到香山后形成的一种感受。

　　我到北京去的时候是在春天,本来可以不去香山了,但我是一个总想在生活中寻些诗性的人,还是毅然地去了。在车驶往香山的途中,我尽情想象,自我陶醉在香山被红枫染得灿烂的喜人景象之中,车到了香山,我才从刚才那美好的忆念中清醒过来,惋惜地叹了口气。

　　登上香山顶峰要一个多小时,我耐不住寂寞便和身边的两位武警战士攀谈起来。在攀谈中得知他们是来自北方的消防战士。出于好奇我询问了一些有关消防兵的情况,无意中被他们的感人事迹所感动。以前对消防战士的印象不太深,可两位战士讲的故事却使我感动得落下了眼泪。

　　两位战士给我讲了这样一个故事:在北方某城市的消防支队有位战士叫小王,一米八的个头,浓眉大眼,一个标准的英俊男子。在一次救火战斗中,他被烈火严重烧伤,面目全非,双手只能像拳头一样攥在一起,在医院里躺了七天七夜神智才清醒过来。当他从镜子里看到自己的面孔时,痛苦地把镜子摔碎了。他在巨大灾难面前失去了生活下去的勇气和信心。

　　一日清晨,他起床时发现床头上放着一枚绿色的枫叶,湛绿湛绿的,叶面上挂满了露珠,叶脉清晰微隆,充满了生命力。枫叶静静地伏在桌案上,像是一种感召,他不由自主地伏下身去闻了闻,"啊,好新鲜的气息!"他周身随之爽快起来。

　　第二天,第三天,以后接连几天的清晨,他的床头上总有一枚绿色的枫叶,他很高兴,感到绿枫叶给他带来了无限生机。

终于,有一天绿枫叶不见了,床头上留下一张写着娟秀字体的纸条。

"小王:你好!我是护士小李,看到你入院以来受着精神和肉体的折磨,非常痛心。无意中我把一枚绿枫叶放在你的案头上,没想到给你的精神带来了巨大的变化,真使我高兴。"

红色的枫叶是生命成熟的象征,同时,也是人生意愿和辉煌业绩的体现,人人都向往那殷红的枫叶,可是,我没有枫叶迎烈日,经过血与火的洗礼,会有那红色的枫叶吗?尽管绿枫在艰难的磨砺中,有可能被打残了,但它仍然顽强地活着。他开始练习写作,起初,手拿不住笔,他就把笔和手绑在一起,手和笔接触时间长了,手溃烂流血,可他仍然坚持写作,十篇,百篇,护理他的一位战士怕他受不住,就偷偷跑到报社把他的情况跟编辑说了,他得知后,气愤地把稿子都撕了。

在长达一年的治疗中,他经过了三次植皮,每次都对大夫说:"不要打麻药,只要对大脑有利,什么苦我都能忍受。"就这样,他以坚韧的毅力经受住了精神和肉体的考验,并且仅两年时间,他创作的诗歌和小说先后在省市获奖……

故事还没有讲完,我早已被他那种精神深深打动了,眼泪也不知不觉地流了下来:多么令人敬佩的战士啊!就像春天里茁壮成长的树,即使折断,只要再把它插入泥土,便会重新生出新的枝丫来。

下山的路蜿蜿蜒蜒的,我们不得不扶着路旁的枫树,这样似乎有了安全感。这使我对绿枫树无形中产生了敬意,同时一反上山时没有看到红枫叶的不如意心理,随着游兴,似乎春天欣赏绿枫叶比秋天看红枫叶更有意义。这也许是绿枫叶中已含有了特定含义的缘故吧。

绿枫叶轻轻亲吻着我的额头,依依不舍的样子。我扶起一片被暴雨淋得满身斑痕的枫叶,拂掉了叶面上的灰尘,拍了拍它那厚实的臂膀,轻声道:"你好,我的朋友。"似乎它就是同死神进行抗争的小王似的绿枫叶,经历过无数次摧残,又无数次站立起来的勇士,用伤痕累累的身躯高擎起血染的风采,把青春孕育成红色。

啊!消防战士,绿色的枫叶。

在离开香山的时候,我不住地回头看那翠绿的枫叶,似乎它们在一叶一叶地变红,十叶百叶乃至于漫山遍野都是红红的枫叶,染红了天际,染红了大地,染红了生命。

生活并不总是一帆风顺的,不幸随时可能降临到每个人的身上,但人的心境却可以改变。保持快乐的心,就是为生活注入新鲜的血液,就是在播撒希望的种子。

杖子

你手扶着额头，坐在我对面，告诉我说，那天你打电话来找我，恰巧我不在，是我小女儿接的，甜润的声音，动听得有若歌声。

你说到了这个年纪，愈见成熟的女儿，就像久已不见的朋友，总感觉着有些陌生。所以，乍然听到那甜甜脆脆的声音，真的有如一股春风，刮过你那寂寞的心田，竟漾起了几许柔情。

你说着时，神色之间有些寥落。忽然觉得一向蓬勃的你，原来也隐忍着如许的孤独和寂寞，莫非说这短暂的风雨，真的让你感觉到春已消逝，只剩下秋的萧瑟了吗？

那么，让我来给你讲一个春天的故事好吗？

那是一个乍暖还寒的春日，因为生活中突然出现了一些意想不到的波折困扰着心灵，而伏在窗前的沙发上独自悲哀，忽然间从窗外传来了甜甜的，却又稚嫩的歌声：

蝴蝶蝴蝶穿花衣，

飞来飞去真美丽，

你也喜欢我呀，我也喜欢你，

唱歌跳舞做游戏。

那歌声很美，深深地扣动着我的心弦。

我不由抬起身来望向窗外，春光明媚，院外的小街正有几个女孩在跳橡皮筋。随着歌声，一个步履蹒跚的小小的身影，晃悠悠地出现在院落和小街之间的那道杖子前。

我不禁有些惊讶，恍如昨日还咿呀学语的小女儿，今天竟能唱一支完整的歌了。

她站在那儿，似想要从杖子那边跳进院来，试了几次，都未能成功，可爱的小脸

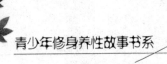

已经憋得通红。

看她那么的吃力,旁边一个大一点的女孩儿,欲待帮她,她却紧抿着小嘴,倔强地摇摇头,似乎憋足了劲儿,又试了几次,终于跳过了那道杖子。

那天下午,我对前来看我的朋友学说这件事,小女儿那甜美的歌声和跳杖子的那股韧劲打动了我,使我终于摆脱了多日来缠绕在心灵上的那些苦痛,从冬天里走到了春天。

这时,绕于膝前的小女儿,忽然瞪着一双乌溜溜的大眼睛,说:"妈妈,我也是从冬天跳进了春天。"

朋友忍不住笑着问:"你是怎么跳过来的呀?"

小女儿闪动着可爱的目光说:"跳杖子啊!"

我和朋友都被她那可爱的天真给逗乐了,而我竟也因此有些泪湿,心里满满的似乎有什么在撞击。

我懂了,生命的面貌原来就是这样,冬天与春天,其实只隔着一道窄窄的杖子。那么只要跳过了这道杖子,生命便会从冬天走进了春天。

有人说生命里充满了无数看似巧合的相遇和相知,那种相遇和相知所产生的一种迂回反复的感觉,像光撒在水波之上,再慢慢地散播开来一样。

由此,那个明媚的春天,小女儿的歌声和天真烂漫的想象,使我知道了生命里还有一种盼望、一种坚持、一种希冀……

境由心生,适当地改变自己的心态,往往就能改变生活的意义。生命中的顺境、逆境被"杖子"隔开,努力从逆境处跳过去,坚持这样的行为,你会尝到阳光温暖的滋味,品味胜利的果实,从而获得真正的欢乐,生命的春天也会向你敞开怀抱。

感恩雨

　　这是旱季里最热的一天,几乎连续一个月没有下雨。田里的农作物正在枯死,母牛挤不出奶,溪流已干涸。看来在这个旱季结束之前会有好几个农场要宣布破产了。我的丈夫和他的兄弟们每天都要费很大的劲儿把水弄到田里去,过了不久我们只好开车到附近的水站运水,可很快严厉的配给制度就使每个人都取不到多少水了。如果老天再不下雨的话,我们很快就会失去所有的一切。

　　正是在这大热天,我亲眼目睹了平生所遇到的一个奇迹,也真正理解到了分享的意义。当我在厨房为丈夫和他的兄弟们做午餐时,我看到了六岁的儿子比利正向树林走去。他的样子很严肃,一点儿也没有平常走路时充满孩子气的横冲直撞。我只能看到他的背部,不过很显然他走得很费劲,他在努力地保持平衡。进了树林几分钟后,他又朝房子这边跑回来。我则继续做三明治,想着不管比利在做什么,他也该做完了。

　　然而过了一会儿,他又继续缓慢而坚定地向树林里走去。这种行为持续了一个小时,他小心翼翼地走过树林,然后往家里跑。最后,我实在忍不住了,蹑手蹑脚地走出房子跟着他。我小心翼翼,不想被他发现,因为很明显,他"身负重大使命",而且也不需要妈妈的过问。

　　只见他把手掬成杯状,小手里捧着大约两至三汤匙的水,小心翼翼地走着,以免洒了手中的水。进林子后,我偷偷地靠近他。树枝和荆棘划过他的小脸,可他并没有避开,他有更重要的事要做。当我倾身窥伺时,我看到了一幕不可思议的画面。

　　几只硕大的鹿赫然耸立在他面前,而比利直接向它们走去,我吓得几乎大叫让他躲开,其中一只有锋利鹿角的大公鹿离他特别近。但这只公鹿并没有吓着比利,甚至在比利跪下时它也一动不动。我看到一只小鹿趴在地上,很明显它正承受着脱水和中暑的痛苦,它费劲地抬起头舔着盛在我那可爱孩子手中的水。

　　等到水被喝干后,比利站了起来,转身向房子跑去。我跟着他回到家,来到我们

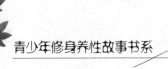

的储水罐前,比利尽力拧开水龙头,只见一小滴水开始流下来。他跪在那儿,让水慢慢地滴在他那临时的"杯子"中,阳光直刺在他的背上。我突然间明白了比利为什么不叫我帮忙的原因——上星期他因为玩弄水管而遭到处罚,得到了不能浪费水的教训。大约二十分钟后,他的手里盛满了水。

当比利站起来准备往林子里走时,我拦住了他。他泪眼汪汪地说:"我没有浪费水。"说完就朝树林走去。我也从厨房拿来了一小壶水,加入了他的行列。我让他独自照顾小鹿,自己没有插手。这是比利自己的事。

我站在树林边,望着我所见过的最美丽的心灵努力地营救另一个生命。泪水顺着我的脸庞掉在地上。然后,我突然间发现一滴、两滴,接着越来越多的水滴掉了下来。我仰头望天,甘霖从天而降。

也许有人会说这只是一个巧合,并没有真正的奇迹,毕竟雨总是要下的。而我要说的是:那场雨救了我们的农场,就像那天我的儿子救了那只小鹿一样。

知道感恩,才会体味生活的美好。那是久旱的心田降下的甘霖,感谢别人的帮助,并回馈别人给予的爱,这会给我们面对困难的信心和勇气。任何生命之间,在困难面前,都应该没有理由地互助。

收藏阳光

我认识这样一位文友:他患有小儿麻痹症,走路一瘸一拐的,加上一张有些夸张的豁嘴,让他小时候受了好多的奚落。他的家境也不大好,高中没毕业便辍学了。他换过好多种工作,但几乎都属于脏、累、苦的那种,他的婚姻之旅也是一波三折。不过,尽管如此,他却整天乐呵呵地忙碌着,周身上下洋溢着无法掩饰的快乐,好像自己就是天底下最幸福的人似的。

如今,他有了可爱的妻子和女儿,文章写得也越来越出名。

在夏日的某个午后,被工作中的几件琐事搅得心烦意乱的我坐卧不安,便到街上走走,不知不觉地便踱进了他那间不大的小屋。看到他正哼着歌侍弄着那几盆挺普通的花,便一脸惊奇地问他:"瞧你一天天像中了奖似的高兴,难道你就没有碰到过什么不开心的事吗?"

"怎么会碰不到呢?"他满眼爱怜地给花松着土。

"那你为什么总是那么快乐呢?"我有些不解。

"因为我懂得收藏阳光啊。"他冲我神秘地笑笑。

"收藏阳光?"我一头的雾水,大惑不解地望着他。

"是的,过来给你看看这个,你就知道了。"说着,他递给我一个书写得工工整整的日记本。

我好奇地打开日记,看到了下面这样一些跳跃的文字——

今天,我只用两分钟就疏通了邻居的下水道,邻居直夸我是他见过的最棒的疏通工,以后要给我介绍一些更多的活儿。看来,掌握一门受人尊重的手艺是一件挺幸福的事情啊。

今天,收到报社寄来的八块钱稿费,给女儿买了一包跳跳糖,她高兴地跟我表白了她的理想——她长大了也当作家,也写稿挣钱。嘿嘿,我这位"作家老爸"言传身教得真不错呢。

今天，在市场上碰到一个卖瓜的朋友，他非要白送我一个西瓜，实在推辞不过，我就送了他儿子两本杂志，我说我们是物质与精神交流，他很高兴，我也很高兴。看来，朋友间的馈赠，并不需要什么贵重的东西，重要的是那一份真诚。

今天，我终于学会了仰泳，是一位退休的老师傅教的。

他真有耐心，足足教了我半个月，我都快泄气了，他还那么信心十足。看来，那句话说得真有道理——因为没有了信心，许多事情成为了不可能。

今天，在旧书摊上只花了三块钱，就买到了苦觅多年的《楚辞通解》和《文章别裁》两本书，真是苍天不负有心人啊！

今天，春节从老家回来，忽然看到门上贴了对联和大大的"福"字，正惊喜着，看到我曾慷慨赠送过空易拉罐的收拾楼道的大娘过来，立刻过去道谢。原来，爱的对面，也是爱啊……

厚厚的一本日记，翻来覆去，简洁、生动地记录的，不过都是这样的一件件毫不起眼的简单、琐屑的小事，都是常常被我们很多人忽略不计的一些情景。我一时还无法将它们与文友所说的"阳光"联系在一起，便纳闷儿地问他："这就是你收集的阳光吗？"

"是啊，这些就是温暖我生活的阳光。一有闲暇，我就会不由自主地拿出来翻翻，每一次看过，心里都有一种暖暖的感觉。"他宝贝似的摩挲着那已起了毛边的日记本。

"其实，那都不过是你耳闻目睹的一些生活中的琐事而已。"我有些不以为然道。

"是的，它们都是一些常常被人们忽略的小事、小情、小景，可它们都是真实的，都是生动的，都是触手可及的，它们以丰富多彩的姿态，在向我讲述着生活里的种种美丽与美好，它们就像煦和的阳光一样，帮我驱散心灵中的烦恼、忧郁、贫困、艰难、痛苦……"文友很认真地向我阐释着。

蓦然，我的心像被什么东西撩拨了一下——多么会生活的文友啊，他心里其实也知道生活中有许许多多的不如意，可是他懂得收集生活里面的那一个个感动心灵的细节，他懂得让那些温馨、愉悦的情景更多地占据心灵，懂得如何让自己更多地生活在一份新奇、感激、成功、快乐、自由等簇拥的天地中，从而冲淡岁月中的那种种的不如意，让幸福总是像阳光一样洋溢在身边……

哦，我终于知晓文友之所以一直那样自信、充实、幸福的秘密了。原来，真正读懂生活的人，并不回避人生的风风雨雨，而是懂得在阳光灿烂的日子珍惜生命，并学会收藏那些阳光一样温暖的情节,并在一次次真诚的品味中,一点点拂去那些袭向心头的阴霾、愁苦、挫折……

那天,在《中国青年》上读到一位与疾病顽强抗争的女孩的故事,在深深地为女孩的"阳光精神"感动中,我不禁再次默默地念起了支撑女孩生命的那句格言——谁都没有理由拒绝阳光,因为谁都无法拒绝爱。是的,一个人只有心中有了绵绵的爱,才懂得珍惜阳光、收藏阳光、沐浴阳光、播撒阳光……

生活中充满阳光,只要打开心灵之窗,每一天都将是明媚而温暖的。不要拒绝阳光,从阴暗的角落走出来吧,寻找原本在你周围的多彩的生活,享受那些祝福与微笑。只有这样,幸福才能开花结果。

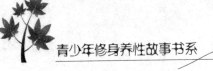

两个穷小伙子和大钢琴家

很多年以前,有两个穷小伙子在斯坦福大学边上学边打工。他俩想和一位著名钢琴家合作,为他举办独奏音乐会,可以挣点儿钱交学费。

这位大钢琴家就是伊格纳希·帕德鲁斯基。他的经纪人和小伙子谈判,让他们交2000美元。也就是说,必须搞到2000美元,多余的钱才是小伙子们的。小伙子们答应了,开始拼命工作,但是到音乐会开完,他们发现总共只挣了1600美元。

小伙子们怀着忐忑的心情去找大钢琴家。他们把所挣的1600美元全给了他,还附了一张400美元的空头支票,对他许诺说他们一定把余下的400美元挣到,钱一到手,立刻就会送来。"不,孩子们,"帕德鲁斯基回答说,"不必这样,完全不必。"说完把支票撕成了两半,并把1600美元也送还他们手中,"从这些钱里扣除你们的食宿费和学费,剩下的钱里再多拿去10%,那是你们工作的报酬,其余的归我。"

许多年过去了,第一次世界大战结束了。帕德鲁斯基担任了波兰的国家总理。大战后成千上万饥饿的人民在呼救。身为总理的他四处奔波,付出了艰苦的努力。当时,能切实帮助他的只有一个人,就是美国食品与救济署的署长赫伯特·胡佛。胡佛得到了救济请求后,立刻答应了。不久,成千上万吨食品被运到波兰。成千上万吨食品救了成千上万的饥民。不久,帕德鲁斯基总理在法国巴黎见到了胡佛,当面向他感谢。胡佛回答说:"不用谢,完全不用。帕德鲁斯基先生,有件事你也许早忘了。早年有两个穷大学生很困难,是你帮助了他们,其中一个就是我。"

助人为快乐之本,所以不要吝惜任何一次帮助他人的机会。也许只是一次微不足道的援助,就可以让一个人脱离困境,重新燃起希望,同时你的善举也将在不久的将来,挽救自己。

停下来,倾听一缕阳光

　　在喧嚣的街头一角,坐着一个独臂的乞讨者。他看上去有六七十岁了,须发花白,虽然穿着一身旧衣粗衫,但很干净、很合体;他看上去精神也不错,没有一点儿别的乞讨者常见的蓬头垢面、无精打采的萎靡神态,尤其是他那双布着血丝的眼睛,仔细端详,里面竟有一种说不出的深邃。最特别的是,老人面前摆着一个纸牌,上面用红笔写着"募集爱心,点燃希望"。

　　那真是一个有点儿特别的乞讨者,他没有任何关于痛苦、悲惨遭遇的倾诉与表白,没有任何渴望同情与怜悯的吁请,他那一脸不卑不亢的坦然,和阳光中的那个特别的纸牌,似乎都在告诉着过往的行人,他在认真地干着一件很神圣的事情。虽然他面前的纸盒里也只是散落着不多的一点点碎币,但老者仍是一副信心在握的样子。

　　他在为谁募集爱心呢?他要为谁点燃希望?也许是人们平时见多了乞讨者打着各种旗号赚取同情的情景,以为眼前的老人也不过是笨拙地模仿而已,许多人从他面前漠然地匆匆走过,不愿或不肯停下脚步,更不要说上前去问询或倾听一点儿什么了。

　　那天,我坐在离老人不远的台阶上等一位朋友,手里的一份晨报翻阅完了,朋友仍没有出现,我便打量起眼前的这位老人。忽然,老人微笑地问我,可否看一下我手里的晨报。我大度地说送给他好了,他便道着谢接过报纸认真地读了起来,他那副投入的样子,很像公园里那些悠然的退休老干部。

　　"哎呀,那边又下大暴雨了。"老人突然的大声惊讶,引来几个行人奇异的目光。

　　"这个季节,大暴雨哪里都可能下的。"我对老者的大惊小怪有些不以为然。

　　"你可是不知道大暴雨对我们那里的危害有多么大,要不是去年那场大暴雨,我也不会到这里的。"老人对那场大暴雨还心存余悸。

　　"是么?"我曾在电视上看到过许多大暴雨肆虐的画面,其巨大的破坏性,我能

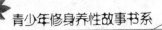

够想象得出来。

"我这样跟你说吧,我老家是十年九灾的地方,几乎每年都要遭受水灾,房屋毁了盖、盖了毁,好几十年了,到现在还没有找到彻底解决的办法。"老人的话匣子打开了。

"那就搬迁嘛。"我轻描淡写地建议道。

"故土难离啊!"老人接着跟我讲他家乡那块土地是多么富庶,讲那里曾出过什么样的历史名人,讲村里的人多么善良、能干,讲村里的人怎么跟洪水搏斗等等,老人不紧不慢地向我讲述着,语气里面洋溢着由衷的自豪。其实,对于他讲述的这类内容我早已熟视无睹,已没有多少倾听的兴趣了,可老人仍谈兴十足地絮絮地向我讲他的家乡如何如何,声音也越来越大,我开始有些厌烦地看表,希望我的朋友此刻马上出现。

"唉,可怜那些孩子了!"老者大概看出了我的不耐烦,突然转了个话题,但又戛然而止,脸上浮着显而易见的焦虑。

"孩子怎么可怜了?"我一愣,随即抛出这个疑问。

"你不知道,因为穷困,很多孩子上不起学,50块钱的学费,有时就可能让一个学习不错的孩子被迫辍学。作为特残军人,我的抚恤金本来够我生活得很好了,可一看到那些失学的孩子,我的眼睛就疼啊,你说我还能在家里待着么?没有别的办法,我只能这样给孩子们募集一点儿学费了。"老者忽然有点儿羞愧地低下了头。

哦,原来如此!

我的心像被什么东西猛然撞了一下,我的目光再次掠过阳光中的那个小纸牌,并将眼前的老人与那幅非常熟悉的"希望工程"宣传画联系起来。纸牌上的八个字像跳跃的火苗,灼着我的眼睛,我忙掏出兜里仅有的 100 元钱,恭恭敬敬地放到老人面前的纸盒里。

老人拉住我的手问我的名字,我连忙说不必。老人坚决不肯,他掏出一个本子,上面工工整整地记着一排名字,每个名字后面写着捐钱数目。老人告诉我:"我是在募集爱心,不是在乞讨,凡是捐钱超过五元钱的,我都要记下来,我要让那些受捐助的孩子懂得感激,懂得回报。"

"是的,您绝对不是一位乞讨者。"望着老人那只空荡荡的臂管,一股对英雄的崇敬感油然而生。

走出好远好远了,我仍禁不住回头望去,望望阳光中那个老人。在这座繁华、喧闹的大都市里面,很少有人愿意停下脚步,来倾听一位陌生老人的故事;相反,由于某些先入为主的偏见和误解,人们常常会不由自主地显出一些漠然,就像生活中有许多不该忽略的,却常常被人们忽略一样,老人动人的故事很少有人知晓。

其实,很多时候,如果我们能够停下脚步,能够再耐心一点儿,能够细心地问询或倾听一些,我们就会惊讶地发现,就在那些被世俗的叶片遮蔽的枝头,正坠着许多纯净、可爱的果子,那上面闪烁的美丽的光泽,袒露着生活的充实与美好。我们应该像热爱阳光一样,热爱生命旅途上那些点点滴滴的温馨与美丽……

爱似阳光,照耀和温暖着世界上的每一个生命,急匆匆走过的人不会理解它的魅力所在。停下脚步,呼吸那阳光的味道,你会更加热爱温馨的生活,更加热爱美丽的生命。

生活对爱的最高奖赏

有一个鞋匠,在这条街的拐角处摆摊修鞋有好多个年头了。

有一年冬天,他正要收摊回家的时候,一转身,看到一个孩子在不远处站着。看上去,孩子冻得不轻,身子微蜷着,手已经冻裂了,耳朵通红通红的,眼睛直愣愣地盯着他,眼神呆滞而又茫然。

他把孩子领回家的那个晚上,老婆就和他怄了气。对于这样一个流浪的孩子,有谁愿意管呢?更何况,一家大大小小的几口人,吃饭已经是问题,再添一口人就更显困窘。他倒也不争执,低着头只是一句话:我看这孩子可怜。然后便听凭老婆劈头盖脸地骂。

尽管这样,这孩子还是留了下来。鞋匠则一边在街上钉鞋,一边打听谁家走丢了孩子。

两年多的时间过去了,并没人来认领这个孩子,孩子却长大了许多,懂事听话,而且也聪明。这家人逐渐喜欢上了这个孩子,家里即便拮据,也舍得拿出钱来,为孩子买穿的和玩的。街坊邻居都劝他们把孩子留下来,老婆也动了心思,有一天吃饭,她对鞋匠说:"要不,咱们把他留下来?"鞋匠闷了半响没说话,末了,把碗往桌上一丢:贴心贴肉,他父母快想疯了,你胡说什么。

鞋匠还是四处打听,他一刻也没有放松对孩子父母的找寻,他求人写下好多的启事,然后不辞辛苦地贴到大街小巷。风刮雨淋之后,他就重新再来一遍。甚至一旦有熟人去外地,他也要让人家带上几份,帮他张贴。他找过报社,没有人愿意帮这个忙,电视台也没有帮助他的意思。他把该想的办法都想了,心中只有一个念头:一定要找到孩子的父母。

终于有一天,孩子的父母寻到了这个地方。但只是说了几句感谢的话,就急匆匆地带着孩子走了。左右的人都骂孩子的父母没良心,鞋匠却没有计较多少。后来,一起摆摊的人都揶揄他,说他傻。他只是呵呵地笑,什么也不说。

生活好像真拿鞋匠开了玩笑,这之后便再没有了任何音信。后来,他搬离了那座小城,一家人掰着指头计算着孩子的岁数,希望长大了的孩子能够回来看看他,但是,也没有。再后来又数次搬家。然而直到他死,他也没有等到什么。

　　若干年后,有一个人因为帮助寻找失散的人而成了名,他在互联网上注册了一个关于寻人的免费网站。令人们惊奇的是,网站的名字竟然是鞋匠的名字。在网站显要的位置上,是网站创始人的"寻人启事",而他要寻找的,就是很多年以前,曾经给过流落在街头的他无限爱和帮助的一个鞋匠。

　　网站主页上,滚动着这样一句耐人寻味的话:当你得到过别人爱的温暖,而生活让你懂得了把这温暖燃烧成火把,从而去照亮别的人的时候,不要忘了,这就是生活对爱的最高奖赏。

　　传递爱的火炬,就会照亮生命的前程。当我们被生活所感动,并因这些感动而理解生活的快乐时,请不要吝惜你的爱,让它变成火炬去温暖更多的人,这会成为他们心灵深处的感动,从而创造真正的"爱的天堂"。

童心的拥抱

驾车驶过小镇时,我开始给我的孩子们介绍他们将要看到的一切。我们新教堂里的一个妇女已到了癌症晚期,生活不能自理,我决定每周末去帮她干些家务活。"安妮头上长了个肿瘤,她的脸部因为肿瘤而严重变形。"我给孩子打了预防针。

安妮好几次邀请我带着孩子一起去看她,因为我曾多次在她面前提及我的两个孩子,而她自己没有孩子了。"绝大多数孩子见到我都怕得要死,我的长相对他们来说简直就像魔鬼一样,"她不安地说,"我能理解那些孩子们,毕竟,我的样子与众不同。"

我尽量寻找恰当的词汇来向儿子和女儿形容安妮的相貌。我记得儿子十岁的时候,我曾经带他看过一场有关残疾人的电影。我想让他知道,残疾人和正常人一样,都有感情,也会伤心。

"戴维,你还记得我们两年前看过的那部名叫《面具》的电影吗?就是关于那个小男孩脸部畸形的故事。"我问道。

"是的,妈妈。我想我知道将会看到什么。"他的语气告诉我,我不再需要给他更多解释。

"妈妈,肿瘤长得像什么来着?"女儿黛安问我。

要回答九岁女儿的问题,必须比喻形象而具体。为了防止女儿见到安妮时出现激烈的反应,我必须给她准备足够的,而不是过多的印象。毕竟,我不想吓坏孩子。

"她的肿瘤就像你嘴巴里面的皮肤。它从安妮的舌头下面伸了出来,弄得她说话很困难。你一看到安妮就会看到那个肿瘤,但是,没有什么可怕的。你们千万记住,不要盯着那个肿瘤看。我知道你们想看它是什么样子的,不过,你们绝对不要盯着它看。"黛安点了点头。

"孩子们,你们准备好了吗?"在路边停下车来时,我问他们。

"是的,妈妈。"戴维说,就像他那样大小的孩子一样叹了口气。

黛安点了点头，反倒安慰我："妈妈，别担心，我不会害怕的。"

我们走进客厅时，安妮正坐在躺椅上。她的腿上摆满了准备寄给朋友的圣诞卡。我抓紧两个孩子的手，我知道在这种时候，任何情况都有可能发生。

看到我的孩子们，安妮的表情一下子愉快了许多。"噢，你们能过来看我，我简直太高兴了!"她一边说，一边抽出一张餐巾纸擦拭从扭曲的嘴里漏出的口水。

突然，戴维松开我的手，走到安妮的躺椅前，用手搂住她的肩膀，将自己的脸贴在安妮那张变形的脸上。他微笑着看着她的眼睛说："我很高兴见到您。"

正在我为儿子感到无比骄傲的时候，黛安也像她哥哥那样给了安妮一个热切的拥抱!

我的喉咙有些哽咽，心中百感交集。我抬头，看到安妮的眼里满是泪水，充满感激的泪水。

人与人传递着真诚的情意，它胜似良药，可以驱散心灵的阴霾，塑造和谐的人际关系。敞开心胸给需要帮助的人以"童心的拥抱"，把人间真爱化为生命永恒的光彩，让所有人都得到爱与阳光。

骗局

大院里有一棵大槐树,没事时,大家爱凑在那里吹吹牛、下下棋。老木会坐在石墩上,慢慢地摇着扇子,时不时地插上几句话。

槐花在头顶飘香的时候,大院里来了一个人,穿着很旧的西服,头发也乱得很,身上充满了风尘与疲惫。那人可怜兮兮地掏出一张纸条来,却是一份证明。大约是怕把它弄皱了和弄湿了,那证明被装在一个透明的塑料袋里。证明上的文字是:兹有我县某某乡某某村某某人因家庭遭受火灾,致两死两伤,现经济困难无法生活及治疗,故外出乞讨,希望各单位和个人给予帮助。证明的落款处是邻省某县民政局的大红印章。

这可怜兮兮的人和他手中的纸条引起了大家的议论。小李翻来覆去地看着纸条说:"民政局还鼓励人外出乞讨?没听说过。"老张伸着脖子说:"当地政府不可能不过问呀。"那人一副为难的样子说:"哪怕是有一丝办法,我一个大老爷们也不会跑出来求助呀。"大家都不信任地看着那人,不再说话。老木摇着扇子过来,从口袋里掏出5元钱,放到那人手上。那人收了钱,一次次对大家拱手,可是再没人掏钱了。

那人走后,大家都开始奚落老木。小李撇着嘴说:"骗子,十足的骗子!"老张不屑地瞟一眼老木说:"弱智啊,弱智!"就连老木的女儿也不满意地瞪了老木一眼。老木呢,宽厚地笑笑,看人家下棋去了。

几日之后,又来了一个人,与上次那人一个口音,看起来极像个憨厚的农民。来人同样拿出一份装在塑料袋中的证明,同样乞求大家帮助,证明也同样盖着邻省某某县民政局的公章。只不过证明上的内容有所不同,称该县某某乡全境惨遭水患,痛失家园。小李"噗"地笑道:"又来了又来了!"老张讥刺道:"火灾、水灾都让你们赶上了。拿我们当什么人啦?"来人便有些木讷地笑,慢慢红了脸。老木依旧摇着扇子过来,递上一杯水说:"大老远地过来,不容易,不容易。"说着,竟又掏了5元钱放进

来人手中。来人接过钱,急匆匆逃一般走掉了。

　　老木的行为引起大家一片嘲笑。小李摇头说:"世界上最愚蠢的人,就是不知道接受教训的人。"老张叹息说:"老木呀老木,你是不是脑子有病呀?"老木不说什么,仍是宽厚地笑笑,自顾摇着扇子。老木的女儿生气了,撅着嘴对老木说:"这五元钱要是买一块肉,够全家饱饱吃一顿呢,为什么要便宜一个骗子?"

　　老木不笑了,收起折扇对女儿说:"骗子的伎俩是够笨拙的,怕是连小孩子都能看出来呢。你想,他的诡计这么容易被人识破,他还骗得了谁?骗不到钱怎么办?他可能会'改善'或重新设计大的骗局。别忘了,所有的大骗子都是从小蒙小骗开始的。我看他累了一天,饿了一天,也蛮可怜的,给他五元钱让他吃顿饭,他也许会好好想一想:有人明知他是骗子还偏偏给他钱,可见这人心并不坏,他还忍心继续骗人吗——你见过他们当中有人来过第二次吗?没有!他们也许因为羞愧洗手不干了。我虽然花了五元钱,可这世上从今以后可能会减少一个骗子,甚至是一个大骗子,这有什么不好?孩子,做人,有时候心甘情愿地受骗,也是一种享受呢!"

　　老木的话说得他女儿愣愣的,也说得大家久久沉默着。

　　"勿以恶小而为之,勿以善小而不为。"不要放弃劝人为善的机会,让我们理解别人的苦难与窘迫,敞开心扉,用真情的行动与智慧的方式把善心无私奉献给需要帮助的人。每一个生命都将焕发善的光彩。

美丽的心灵也是特长

有个女孩长得很平凡,学习也很一般,歌唱得也不好,更不会跳舞。她经常看着镜子中的自己叹息,恨上天对自己的不公平。升入中学后她更加沉默,看着别的同学又唱又跳,口才也那么好,她总是躲在角落里用自卑把一颗心紧紧地困围住。

她学习很努力,成绩却很一般,为此她不知偷偷哭过多少次。班上的同学没有人注意她,下课时别人都去操场上玩儿了,她便去把黑板擦得干干净净,把地面扫得纤尘不染。夏天时,她细心地在地上洒上水;冬天时,她把门口和教室里大家带进来的雪扫净,免得同学们进来时滑倒。没有人注意到她所做的一切,她也不想让别人知道,只是觉得自己应该这么做。

可是有一次同学们却都注意到了她。那天她迟到了,当她来到班级时,班主任的课已讲了一半。当她怯生生地喊了一声"报告"走进教室,同学们的目光都投到了她身上,随即教室里响起了一阵笑声。原来她的衣服很零乱,头发也梳得不整齐,一看就知道是起晚了胡乱穿上衣服就赶来了。她低着头站在那里眼泪都快流出来了,班主任老师走过去帮她整了整衣服,微笑着说:"快回到座位去吧,课已讲了一半了,如果听不明白下课后找我。"她回到座位上,脸红红的。

有一次开班会,老师让大家说一下自己的特长。于是每个人都兴奋起来,轮流发言,有的唱歌好,有的跳舞好,有的会书法,有的能画画,有的会弹钢琴。她坐在那里静静地听着,脸上带着羡慕的微笑。忽然,老师叫了她的名字,她一惊,红着脸站起来小声说:"老师,我没有特长。"老师走到她的身旁,轻轻地抚了抚她的头,对大家说:"你们也许不会注意到,平时是谁在课间把地面扫得干干净净,是谁每天早早地来到教室把每张书桌擦得一尘不染。这就是艾坷同学,她一直默默地做着这一切。有一次她迟到了,你们还嘲笑她,你们知道那次她为什么迟到吗?她帮一位老大妈把一袋大米搬上了四楼啊!你们一定奇怪我是怎么知道的,那个老大妈就是我的邻居啊!同学们,你们都有各方面的才华,艾坷同学却没有,可是她有一颗美丽的心,

石头与陶罐

美丽的心灵也是特长啊！"教室里响起了一片热烈的掌声，大家第一次发现，这个平时没人注意的女孩原来竟是这样美丽。

　　如果你没有出众的容貌，美丽的心灵会让你同样出色；如果你有美丽的容颜，善良的心能让你锦上添花。美丽的心灵是任何东西都无法取代的特长，所以平凡的你不要再去自卑，你的特长会映亮你生命中的所有黯淡岁月。拥有一颗美丽的心，就一定会拥有一个无怨无悔的青春！

祝你生日快乐

　　这是一个阴冷的凌晨,街上的行人不多,他驾驶着洒水车,在小城的街道上忙碌地洒水。他想早早地将第一条街道洒完水,因为今天是他十二岁女儿的生日,他还要到水产品市场上去买鱼买肉,到农贸市场上去买一些青菜,还要赶在十一点之前去蛋糕店,取回他昨天给女儿定做的生日蛋糕。女儿是很喜欢大蛋糕的,喜欢插上七彩的蜡烛,在烛光摇曳中嘟起她的小嘴,轻轻地吹灭那些象征她自己年龄的小蜡烛。当然,客人中会有女儿的几个小同学,她们都是她最要好的朋友。女儿说:"爸,别看你是驾驶洒水车的,可我知道你其实就是一个环卫工人,我的生日,咱就不去什么大酒店、海鲜楼了,节俭一点儿,做几个菜,买上一个大蛋糕在家里办就行。"他真为女儿的懂事高兴。他想,自己把这最后的几条街道洒完,就骑上车去买菜,去蛋糕店取蛋糕。

　　他的洒水车有十几种音乐,平常的时候,他会一盘一盘地换磁带,让不同街段上的市民们听到不同旋律的音乐,可今天不同,今天是自己女儿十二岁的生日,他要一路上都放那曲《祝你生日快乐》,他要把女儿生日的快乐洒到这个小城的每一条街上,让整个小城都沉浸在女儿生日的快乐中。要知道,自己只是一个普通的洒水车司机,能给女儿一个意外惊喜的,也许就只有这一点点便利了。

　　他合着节拍轻哼着《祝你生日快乐》,洒到一条街道时,一个小男孩突然拦住了他的洒水车,任凭他怎样示意,那个小男孩还是一点儿都没有让开的意思。那是一个只有六七岁的小男孩,衣衫褴褛,一只脚穿着鞋子,而另一只小脚丫赤裸着,小男孩的小脸上浮着一层灰灰的煤灰。他放慢了本来就十分徐缓的车速,隔着驾驶窗的玻璃,再三微笑着让小男孩让开,但小男孩就像没有看见似的,只是向洒水车驶过的那条街上张望着。这时,街道两旁的行人们都停下脚步,好奇地望着他的洒水车和那个拦车的小男孩。

　　他停下车来,但他并没有关上车上的音乐,《祝你生日快乐》的旋律仍然在徐徐地飘荡着。他跳下驾驶舱,快步走到小男孩的身边,他想这个小家伙或许是个聋子,什么都听不见呢。他走到小男孩的身边,弯下腰去,摸着小男孩的头顶笑眯眯地说:"小家伙,到一边去,叔叔还要洒水呢。"

小男孩看了看他,又朝远处张望了一下,恳求地说:"叔叔,你能再稍等一会儿吗?我已经追着你的洒水车跑了两个街区了。"

"追洒水车干什么呢?"他问还不停喘着粗气的小男孩。小男孩说:"叔叔,洒水车的音乐真好听,是《祝你生日快乐》。"他笑了说:"就是为了追着音乐听吗?"小男孩点了点头,又很快摇摇头说:"是为让我妈妈听的,叔叔你知道吗,今天是我妈妈的生日!可我没有什么礼物送给她,我就想送给她这一首歌,我知道的,许多人过生日都放这一首歌。"小男孩又瞪着他又黑又亮的小眼睛恳求他说:"叔叔,能请你再等一会儿吗?我想我妈妈马上就赶上来了。"

送给妈妈一首《祝你生日快乐》?他望着眼前这个汗津津的小男孩,一股热热的东西在心里汹涌上来。他想起自己还要去买鱼买肉,还要去蛋糕店取生日蛋糕,但他还是微笑着对热切地望着自己的小男孩说:"小家伙,祝你妈妈生日快乐!"小男孩听他答应了,高兴极了。

一会儿,他果然看见了一个妇女向这边匆匆跑来,近了的时候,他看见那妇女的衣服很褴褛,在风中跑着的时候,她身上被风扬起的布片像一面面小旗。他微笑着对那妇女说:"祝你生日快乐!"

妇女惊愕了,但转瞬就满脸幸福地紧紧搂住那个小男孩笑了。他跑向驾驶室,把音量开得更大些,顿时,满街都是《祝你生日快乐》的幸福旋律。

他走到街边的小商店的公用电话亭边,打电话告诉妻子说,自己现在有一件十分重要的事情耽误一下,让妻子代他去买菜、取蛋糕。商店的老板问:"那小男孩拦你的洒水车干什么?"他说:"小男孩的妈妈过生日,小家伙没有什么礼物,他要送给妈妈这首《祝你生日快乐》。"

"哦?"店老板顿然呆了,但马上跟他热情地说,"太谢谢你了!"似乎那个男孩就像是店老板的孩子。

当他驾上洒水车走的时候,街两边许多卖音响的商店里都飘起了和他的洒水车放的同一首歌《祝你生日快乐》。他的眼湿湿的,他听见,似乎街边的许多地方,都在播放《祝你生日快乐》,仿佛今天整个小城都在祝福生日。女儿今天肯定会接受这个意外的生日礼物的,这是一件多么让人一生难以忘怀的礼物啊。他的洒水车徐徐向前行驶着,像洒下一注注清凉的水一样,播撒下了一街幸福的《祝你生日快乐》。

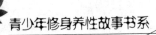

他觉得,这是全世界最动听、最迷人的旋律。

有时你些许的付出,就能给别人带来黎明的曙光。珍视你所拥有的一切,把它化为力量,注入每个无助的人心中,点亮他们心中的明灯。世界也会因你的爱充满光明与温暖。

影子里的父爱

　　今年夏天,我所居住的这个城市气温达到了 37 摄氏度,热得最凶那天,诊所里开着空调也抵御不了汹涌而来的热浪,小护士就不停地向地上洒水,再洒水,以获得一点儿清凉。但我仍感觉透不过气来,就抱怨天气。小护士就指着窗外说:"看看那些进城来卖菜的农民吧,他们一直在烈日下晒着呢,你应该满足了。"正说话间,几个人抬着一个病人进来了。

　　当我穿上白大褂走进病房时,送病人来的几个人都离开了。病床上躺着的是一个农民模样的中年男人,双目紧闭,面色潮红,完全处于昏迷状态。床边站一个八九岁的小男孩,边哭边对病人喊着:"爸,你怎么了?你怎么了?"

　　我为他量了体温,看了看他的舌苔,发现没有什么大碍,只是中暑了,就给他打了一针。看着还在一旁哭泣的小男孩,我说:"别哭别哭,你爸没事,一会儿就好了。"

　　男孩听我这么说,才放心了。边说着谢谢边从短裤的兜里掏出一个小布包,然后从布包里拿出一沓皱巴巴的纸币。孩子数着钱:5 毛、6 毛、1 块、2 块……他把那些毛票递给我说:"医生叔叔,一共 7 块 3,够不够我爸的药费?"孩子的脸被太阳晒得黑黝黝的,他仰望着我的那双眼睛里饱含着真诚。我忽然对他很有好感,就问他:"你挺壮实的,你爸中暑了你居然没事儿。"孩子说:"天太热了,街上没有树,我们也没有伞,我爸怕我晒着,就让我蹲在他背后的影子里,后来他就晕倒了……"

　　听着孩子的诉说,我的心被强烈地震撼着。就在这时,小护士进来了。她告诉我说我父亲刚才来过诊所,见我忙,把东西留下就离开了。我从她手里接过父亲送来的东西:那是一把遮阳伞,还有一小瓶仁丹。手里握着这些东西,想着父亲,我烦躁的内心蓦地清凉无比。

　　那天,我想的都是父亲这个字眼。想着每一个做父亲的,都会把关爱子女当成一种人生习惯。生活条件好一些的父亲,会记着在这烈日炎炎的天气里为孩子送一把遮阳的伞、一瓶提神的仁丹,而像那位中暑的父亲,尽管他贫穷得只剩下自己的

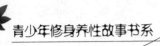

影子,也会把影子作为庇护孩子的一片阴凉。

　　学会感恩,学会爱。物质的匮乏不是真正的贫穷。丰富自己的情感世界,关爱每个爱你的人,你的人生之路才不会孤单。

石头与陶罐

为爱种一片树林

　　法国南部的马尔蒂夫小镇上，有一位名叫希克力的男孩。在他十六岁那年，相依为命的父亲不幸患上了一种罕见的肺病。希克力陪同父亲辗转各大医院，医生们都束手无策，只是建议说："如果病人能生活在空气新鲜的大森林里，改善呼吸环境，或许会有一线生机。"但这到底有多少希望，他们也不清楚。

　　遗憾的是，希克力父亲的身体已经非常虚弱，无法忍受长途旅行去有森林的地方生活。看着父亲的病越来越重，希克力心急如焚。突然，他灵机一动："我为什么不自己种植一些树呢?等这些树长大了，也许父亲的病就真的好起来了。"

　　父亲听说儿子要为自己种树后，很是感动，却苦笑着对希克力说："我们这里缺少水源，气候干燥，土壤贫瘠，让一棵树存活谈何容易?还是算了吧!"但希克力还是暗暗下定决心，一定要在自家门前种出一片茂密的树林来，因为这是唯一让父亲的生命得以延续的方法。

　　从此，希克力攒下父亲给他的每一分零花钱，有时早餐都舍不得吃，周末他还会到镇上去卖报纸和做些小工。攒了一些钱后，希克力就乘车到二百多英里外去买树苗。卖树苗的老板杰斐逊劝他不要做无用功，因为小镇自然条件恶劣，树木很难成活。可是当得知希克力是为了拯救父亲的生命时，他被深深地感动了。此后，他卖给希克力的树苗常常收半价，有时还会送给他一些容易成活的树苗，并教他一些栽培知识。

　　希克力在自家门前挖坑栽培，吃力地提着一桶桶水灌溉树苗。由于当地干旱少雨，土壤缺乏养分，大部分树苗种下后很快就干枯死去。镇上的很多人都劝希克力放弃这个"愚蠢"的想法，但他总是一笑了之。每天早晨，希克力起床的第一件事就是去看看树苗有没有枯死、长高了多少。一年下来，他最初栽下的100多株树苗成活了43株。

　　此时的希克力已经高中毕业了，但为了照顾父亲，他主动放弃了上大学的机

209

会。有人说希克力神经错乱，有人说他太迂腐，更没有人相信这些跟人差不多高的植物能够挽救一个连医生都治不好的病人。希克力从不把这些流言蜚语放在心上，只是一如既往地种着树苗。

一年又一年过去了，希克力种的树苗越来越多，许多树苗已渐渐长高长粗。希克力经常搀扶着父亲去树林里散步，老人的脸上也渐渐有了红润，咳嗽比以前少多了，体质大为增强。

此时，再没有人讥笑希克力是疯子了，因为所有居民都亲眼目睹了绿色树木的魔力。树林带来了新鲜的空气，引来了歌唱的小鸟，小镇变得越来越美丽了。

希克力种树拯救父亲生命的故事在巴黎国际电视台第六频道播出后，不少媒体纷纷转播。许多人被希克力的孝顺、爱心、挑战自然的勇气，以及不屈不挠的精神感动得热泪盈眶。一些绝症患者还向希克力索要树叶，说那象征着生命的绿色。

小镇的人也纷纷投入到种树的行动中，树林越来越多，面积扩大到了数百公顷，放眼望去，小镇四周都是绿色的屏障。

2004年，三十九岁的希克力被巴黎《时尚之都》杂志评为法国最健康、最孝顺的男人。令希克力欣喜万分的还不止这些，2005年初，医学专家对希克力父亲再次诊治时发现，老人身上的肺部病灶已经不可思议地消失了，他的肺部如同正常人一样。

医生感慨地说："在这个世界上，爱是最神奇的力量，有时它比任何先进的医疗手段都有效！"是呀，只要心中有爱，无论在多么贫瘠的土壤里，都能长出最粗壮的树木。

没有永恒的幸福，却有永恒的爱。爱是一种坚持不懈的追求，爱是人类拥有的最伟大的情感。让我们播撒爱的种子，使人间到处都开出最美丽的花朵。

撑开幸福

他来自极遥远的一个农村,在这所大学里,也应该是最贫困的学生了。她的家乡极偏僻,离最近的县城也有一百多公里,因为土地贫瘠而稀少,那里的人们都相当穷。而她家却比别人家更为困难,因为要供一个孩子上学。所有的经济来源就是那几亩薄地和院子里的十几只鸡了。

上大学后,她的家更为窘迫,可即便如此,父母还是极力地支持她上学。她在高考之前从没去过城市,高中是在镇里读的,在县城参加高考时,她便被城市的一切所震惊了。而来到省城上大学,在这座现代化大都市中的所见,让她觉得县城就像农村一样。说实话,虽然父母每日为了她而辛勤劳作,可她却并没有多少感恩之情,甚至还有一丝埋怨,更谈不上什么幸福了。对贫穷的憎恶,使得她对自己的父母和家庭也有了浅浅的厌倦。

有一天和同学在街上闲逛,当时正是盛夏,太阳毒毒地在头顶悬着。忽然她就惊奇地发现,许多人都撑着伞在行走。她从没见过现实中的雨伞,只在村长家的电视中看见过。于是她问同学:"没下雨她们打着伞干什么?"同学惊奇地看着她说:"遮挡阳光啊!"她的脸立刻红了。从那以后,再遇见自己感到奇怪的事,她绝不再问别人。

只是,那些伞一直在心里飘啊飘的,挥之不去。她想到了自己的家乡,那里的人连一件塑料雨衣都没有,而那里的夏天总是大雨滂沱,晴天时更是炎热无比。父母总是在大雨中去田里干活,把那些秧苗及时地扶正,更多的时候,是在烈日下劳作。她想起了父亲肩上晒脱的一层又一层的皮和母亲红肿的后背。要是有把伞就好了,父母就可以不怕日晒雨淋了。第一次,她的心中涌起了对父母的心痛之情。

她去商店看过,一把最普通的伞也要 10 元钱。10 元钱,对于她来说是近一个月的生活费,对父母来说,是在暴雨烈日下劳动不知多少时日才能换得的。她开始攒钱,在暑假来临之前,终于拥有了一把淡蓝色的伞。

放假了,坐了一夜的火车,她回到了县城,又转乘去镇上的客车。从镇上到自己的村子,还有 30 里的土路。她在太阳底下,紧紧地攥着那把伞,却舍不得把它撑开,尽管阳光晒得身上火辣辣地疼。离村子还有 10 里路的时候,天色突变,一会儿工夫便下起大雨来,她一下便被淋透了。可她依然没有撑开伞,她要把这把伞的第一次让父母去体验。

快到村子时,她没有回家,直接向自家的田里走去,她知道父母此刻一定在田里干活。当父母的身影隔着雨幕映入眼帘时,她喊了一声,跑过去,浑然不顾泥水溅在身上。父母见到她,很惊喜的表情,说:"这么大的雨,咋不直接回家?"她把伞撑开,举到父母的头顶,伞下立刻出现了一个无雨的空间。父母高兴地说:"这玩意儿真好,雨浇不着了!"她看着父母满足的神情,心底柔柔地痛了。

回去的路上,雨过天晴,太阳的威力再度显现出来。她仍把伞举在父母的头顶,阳光便一下子被赶跑了。父母的惊喜更增了一层,没想到这样一把伞,居然有这么大的作用。

生长了近 20 年,她第一次有了幸福的感觉,而这份幸福,是在父母沧桑的笑纹中找到的。她忽然明白,幸福一直都在,只是她没有像撑伞一样把它撑开,而是一直都收敛在心底。

是啊,只要撑开心中那把幸福的伞,那么生命便会有一片无雨的天地,便会有一个清凉的世界。

幸福埋藏在每个人的心底,需要你用心去体味。撑起幸福的伞,遮住风雨,在这片清凉的天地中发自内心地感激生活的赐予,体会父母的辛劳,予以真心的回报,爱之花会让我们的生活更美丽。

为真诚喝彩

上帝看到世间人们的生活水平很低,而且常常是食不果腹、衣不蔽体,于是,他想在人世间寻找一个人并赐予他厚重的财富,同时让他去接济那些穷人。经过层层挑选,最终确定了两个能力比较强而且比较受人们尊敬的年轻人布朗和罗丹。但是,这些财富只能给其中一个人。于是,上帝又对这两个人进行了最后的考验。上帝给每个人一只钵,让他们去一富户人家要饭,然后用要来的饭去救济穷人。两个人接受任务后,都去富人家要饭。不同的是,布朗用剪刀将自己的衣服剪断,并抹上泥巴,头发也搞得乱乱的,俨然就是一个乞丐。这样,他要来了钱,并去救济那些穷人。而罗丹则依旧穿着他的那身衣服去要饭。来到富人家,他说明了来意。富人也给了他一些钱。这样他也完成了任务。一天后,两个人都高兴而归。然而,上帝对两个人说:"一个人最要紧的品德是他能否用真诚的心去面对他所要面临的困难。你们两个人虽然都完成了任务,但是,布朗却欺骗了那户人家,而罗丹则以他的真诚取得了富人的同情并圆满地完成了任务。所以,这笔财富只能给罗丹了。"

有一位官员因触怒了皇帝,被贬回家,整日伤心落泪。一天,他来到了小河旁。忽然,他发现在小河两侧的芦苇里有一群漂亮的仙鹤在玩耍,于是他慢慢地走到了这群鸟儿的跟前去观看。开始的时候,这些仙鹤很害怕,不敢与他接近,但时间长了,仙鹤发现这位老人不伤害他们,便渐渐地乐意和这个慈祥的老人接触了。后来,这些仙鹤与这位老人熟识了,只要这位老人来到小河旁,几十只甚至几百只仙鹤便会自动地向他奔跑过来。而老人的心情也一天天好了起来。

真诚是做人与处世的一条基本原则。罗丹因自己的真诚,取得了上帝的认可,并最终得到了真诚的报偿;被贬大臣用自己的诚心换取了几十只甚至上百只仙鹤的信任,并最终使自己能够开开心心地从忧郁中解脱出来。

看来,真诚的魅力是如此的巨大,不仅仅是现实中的人会因其而取得意料之外的惊喜,就连那些没有理性思维的动物也为真诚所感动。然而,我们在想到真诚的

同时,首先应学会奉献自己的一片真诚的心。正如马克思所说:你希望别人怎样对待自己,你就应该怎样对待别人。请交出真诚吧!因为真诚,我们才能取得别人的信赖和信任,因为真诚,我们才可以收获一份意外的惊喜;因为真诚,我们才可以走出人生的不如意;因为真诚,我们才可以成为真正的智者。

百分百

  那天,我去火车站送朋友。在火车站的广场上,看到一个大男孩蹲在那里,一脸痛苦的表情。男孩面前有一个小石块,石块下压着一张纸,纸上写着两行字:本人是一名大学生,钱包被人偷走,渴望好心人能资助我回家,定当加倍酬谢。

  我走过去,打量男孩,男孩也抬起头来,看我。我看见男孩的眼里有泪花儿。"大姐,你能帮助我吗?"男孩低声说。

  "你家在哪里?"

  "江苏,我在沈阳读书,要在北京转车回家,不知道钱包什么时候被偷走了,身上连一分钱也没有了。大姐,你能给我点儿钱,买张火车票吗?"男孩说完,用渴望的眼神看着我。

  我心里一颤,还没说话,朋友一把把我拉到一旁,小声说:"别听他的,现在骗钱的太多了。"

  我想了一下,又看了一眼男孩,说:"我看他不像骗子,帮他一把吧。"朋友劝我:"你太善良了,这男孩十有八九是骗子。"我摇摇头说:"我相信他说的是真的,你看他的表情不像假的。"朋友说:"哪个骗子不会伪装,我告诉你,你被骗的可能是万分之九千九百九十九。""那也有万分之一的希望没被骗呀,也许这万分之一的希望就是真的。"我对朋友说。

  我决定要帮助这个男孩,我相信自己的直觉,他是真的丢了钱包。我从口袋里拿出钱包,掏出 200 块钱走过去。"小兄弟,我相信你不是骗子,这个你拿去买车票吧,再买些吃的东西。"男孩双手接过钱,激动地说:"大姐……谢谢,谢谢……你给我留个地址吧,我到家后一定把钱加倍还给你……""不用了,我相信你,赶快去买票吧。"我笑着说。

  "大姐,你就留个地址给我吧,如果不把钱还给你,我心里会不安的。"男孩坚定地说。

在男孩的一再要求下，我把自己的地址和姓名留给了男孩。送走朋友后，回到家里，我把这件事和家人说了，没想到家人众口一词，说我被骗了。我心里觉得很不是滋味。为什么没有人支持我呢？难道我真的是被骗了吗？我也开始有些怀疑自己，怀疑那个男孩。

就在这件事过去 7 天后，我收到了一张 400 元的汇款单，汇款人正是那个男孩。我高兴得跳了起来。把汇款单拿到家人面前，骄傲地说："我没有受骗吧！"那一刻，我觉得很欣慰。

就在收到汇款单的第三天，我收到了男孩写来的一封信。男孩说："当我决定在广场上向人求助的时候，我想过，肯定会有许多人认为我是骗子，而不会伸手帮助我。但是我没有办法，我想在 10000 个人中间，有 9999 个人会不信任我，但是，只要还有一个人可能信任我，我也要去求助。见到你之前，不知道有多少人从我面前经过，没有一个人停在我面前，直到你的出现。谢谢你，大姐，你给我的不仅仅是 200 块钱，还有难得的信任，同时也让我相信，这个世界上还是好人多……"

读着男孩的信，我不由自主地落下泪来。那个男孩怀着万分之一的希望向他人求助，而我是怀着万分之一的希望去相信他不是在骗我，两个万分之一相加，就等于百分百的信任和完美。

当我们处于困难中时，向人求助，也许会一次次被拒绝，请不要心灰意冷，仍然要对他人充满期待和信任。或许，在生活中，我们一次次受骗，但请不要用怀疑的眼光去打量每个人，以冷漠的心态看待我们生活的世界。无论怎样，我们都应该相信这个世界仍有温暖，有善良，有友爱。

飘香的生命

有一次和朋友在街上闲逛，路旁有个垃圾堆，清洁工人已经把垃圾都装上了车，可是车却怎么也发动不起来，那个清洁工很着急。朋友忙跑过去，不顾脏乱和难闻的气味，用力地帮他推车。几经努力，车终于启动了。我对朋友说："你也不嫌脏，那味儿多难闻！"朋友看着我，给我讲了一个故事。

在他上大学的时候，校园后面的围墙下是一个大垃圾场，学校里每天都有大量的垃圾被堆放到这里。有一个50多岁的老工人开着一辆破旧的车来运垃圾，一车一车，每天不知要跑多少趟。在一次上大课的时候，白发的老教授忽然问了大家一个与课堂内容不相关的问题："你们谁能告诉我每天运走校园垃圾的那个人的名字？"大家一片茫然，老教授又问："那你们谁能给我描述一下那个人的样子？"下面仍然一片寂静。老教授感叹地说："你们不会注意他的！因为他只是一个运垃圾的。谁会想到十年前，他也曾站在这里给学生们讲课！后来他因病告别了讲台，几年后病体恢复，他没有应邀再来授课，而是买了一辆旧货车，每天往城外运送校园里的垃圾，不要一分钱！"学生们都呆了，仿佛在听着一个美丽的童话，可是这是现实，是撞痛人心的现实！

老教授接着说："今天早晨我经过那个垃圾堆，他的车陷在泥里，束手无策。当时有很多晨跑的大学生经过他身旁，却看也不看他一眼，是我帮他把车推上来的。一个人应该理解别人的劳动，更应该尊重别人的劳动，关心别人。在别人有困难时主动伸出双手，是做人应具备的最起码的品质。可我们大学生又做了些什么呢？没有一个健全的心灵，有再多的知识又有什么用？"

阶梯教室里静得可以听见大家忏悔的心跳，老教授的话像一柄重锤，敲开了每个人心中的一扇门，那一刻，大家仿佛长大了许多。

我问："后来呢？"

朋友说："有一次在往车上装垃圾时，他的病忽然发作，倒在垃圾堆上，再也没

有起来!他的追悼会,几乎所有的学生都参加了!"

我默然,为自己刚才的心态而羞愧。很久以后的一个夏天,我和女友一起逛街,路过一个臭味冲天的垃圾场,一群清洁工人正在清理。女友一脸厌烦地掩住鼻子,神情很是不屑。我说:"你不该这样看他们,没有他们就没有清洁的城市!"然后我给她讲了朋友说的那个故事。

她听完,停住脚步,回头凝视着那一群身影,久久不语。

所有的生命都是从平凡开始的,平凡人平凡的贡献打造了美丽的生活,漠视平凡就是在漠视美丽。于平凡中透出伟大,尊重平凡,这才是生命中飘香的真意。

99 一族

有位国王,天下尽在手中,照理,应该满足了吧,但事实并非如此。

国王自己也纳闷,为什么对自己的生活还不满意,尽管他也有意识地参加一些有意思的晚宴和聚会,但都无济于事,总觉得缺点儿什么。

一天,国王起了个大早,遂决定在王宫中四处转转。当国王走到御膳房时,他听到有人在快乐地哼着小曲。循着声音,国王看到是一个厨子在唱,他的脸上洋溢着幸福和快乐。国王甚是奇怪,便把这个厨子招来问话。国王问他为什么如此快乐?厨子答道:"陛下,我虽然只不过是个厨子,但我一直尽我所能让我的妻儿快乐,我们所需不多,头顶有个草棚,肚里不缺暖食,便够了。我的妻子和孩子是我的精神支柱,而我带回家哪怕一件小东西都能让他们满足。我之所以天天如此快乐,是因为我的家人天天都快乐。"

听到这里,国王让厨子先下去,然后召来了宰相,向他咨询此事。宰相答道:"陛下,我相信这个厨子还没有成为 99 一族。"国王诧异地问道:"99 一族?什么是 99 一族?"宰相答道:"陛下,想确切地知道什么是 99 一族,请您先做一件事情,在一个包里,放进去 99 枚金币,然后把这个包放在那个厨子的家门口,您很快就会明白什么是 99 一族了。"

国王按照宰相所言,令人将装了 99 枚金币的布包放在了那个快乐的厨子门前。

厨子回家的时候发现了门前的布包,好奇心使他将包拿到房间里,当他打开包,先是惊诧,然后狂喜:"金币!全是金币!这么多的金币!"厨子将包里的金币全部倒在桌上,开始查点金币。99 枚?厨子认为不应该是这个数,于是他数了一遍又一遍,的确是 99 枚。他开始纳闷:没理由只有 99 枚啊?没有人会只装 99 枚吧?那么那一枚金币哪里去了?厨子开始寻找,他找遍了整个房间,又找遍了整个院子,直到筋疲力尽,他才彻底绝望了,心中沮丧到了极点。他决定从明天起,要加倍努力工作,

　　早日挣回一枚金币,以使他的财富达到 100 枚金币。

　　由于夜间的辛苦,第二天早上他起来得有点晚,情绪也极坏,对妻子和孩子大吼大叫,责怪他们没有及时叫醒他,影响了他早日挣到一枚金币这一宏伟目标的实现。他匆匆来到御膳房,不再像往日那样兴高采烈,既不哼小曲也不吹口哨了,只是埋头拼命地干活,一点也没有注意到国王正悄悄地观察着他。

　　看到厨子心绪变化如此巨大,国王大为不解,他招来宰相,询问宰相为什么厨子会有如此大的情绪变化,得到那么多的金币应该欣喜若狂才对啊?

　　宰相答道:"陛下,这个厨子现在已经正式加入 99 一族了。99 一族是这样一类人:他们拥有很多,但从来不会满足;他们拼命工作,为了额外的那个'1';他们苦苦努力,渴望尽早实现'100'。原本生活中那么多值得高兴和满足的事情,因为忽然出现了凑足'100'的可能性,一切都被打破了。他竭力去追求那个并无实质意义的'1',不惜付出失去快乐的代价,这就是 99 一族。"

　　我们的人生不是为了追求遥远的目标,而是为了享受生活的情趣。没有生命的内容,即使登上高高的山峰,看到的也只是一片荒凉。慢慢欣赏,即使不能登临巅峰,也能感受到沿途的鸟语花香。

一顿夜宵

　　一天晚上，我读书读到深夜，突然觉得饿了，便去厨房找东西吃。找了一圈，什么也没找到。我不甘心，又找了一遍，觉得偌大的厨房总该有一点儿能够吃的东西。在寻找的过程中，饿的感觉越来越强烈地统治着我，我想，只要找到一点儿可以吃的食品，我都会毫不犹豫地把它吞咽下去。

　　在第二次寻找的过程中，我终于在最顶端的橱柜里，找到了一包方便面。我看了看保质期，已经快到了。闻一闻，似乎真的有些异样。我没有像自己想象的那样毫不犹豫地把它吃掉，也没有像自己以前的习惯那样把它扔掉。我知道，它真的有可能是我今夜唯一可以选择的食品了。

　　我打火，开始煮它。要是煮熟了就是变质也不会影响到健康，我想。方便面的气味随着汤水的沸腾渐渐充溢了整个厨房，我忽然又觉得单是调料包里的调料太寡淡了，就又放进了一些老抽、香醋、香油和胡椒粉，厨房里的空气顿时变得缤纷起来。可这似乎还不够，我又切进了一些葱花，一些姜末儿，最后，我居然又在冰箱的旮旯里找到了一截香肠和一个生鸡蛋！这下子，锅里红的红，黄的黄，绿的绿，白的白，色泽怡人，秀色可餐。我方才觉得有点儿像碗面的样子了。

　　我把面端到餐桌上，看着这碗香喷喷的面，我忽然想，我当初不是只想好歹填填肚子吗？当我没有吃的东西的时候，我的想法就是一点食品。可当我拥有这点儿食品的时候，我对它的要求就开始水涨船高。我想要它符合健康的标准，又想让它拥有更可口的滋味，还想让它有着更丰富的内容，甚至要求它拥有一种悦目的视觉效果……于是，一点点食品就被我挖空心思地弄成了这么一碗面。

　　这是贪婪的结果，我知道。贪婪是源于不满足。不满足推动着我们用尽心思去装饰和充实着我们的生命，赋予它各种各样的目标和意义。我们穷尽一生的光阴为这些所谓的目标和意义去努力、去奋斗、去拼搏、去进取——可是我忽然又想，在这样一个过程里，我们又远离了多少生命里最本真的那份快乐和可爱？又抛弃了灵魂里多少最纯洁的情趣和享受?就像那碗面一样,也许,我们最需要的东西只是面本身,葱花、姜末儿、鸡蛋、香肠、老抽、香醋、味精、香油,这些东西和面其实都没有什么根本的关系,是我们的贪婪把这些东西和面联系在了一起,就像把职称的高低、房子的面积、衣服的品牌、薪水的厚薄、名声的大小、事业的成败和我们的生命及幸福联系在了一起。于是,我们常感饥饿,我们少有欢颜,我们让这些名目繁多的附属品喧宾夺主,隔断了我们原本纯净广阔的视线。我们忘记了天的湛蓝、云的飘逸、月的光华、星的神秘,忘记了那么多原本与我们血肉交融的美好与诗意,共同拥挤在一条狭隘的河道里,还为自己的异变津津乐道,沾沾自喜。

很多时候,我们都是这么做的。我们的智慧被欲望蒙蔽,阻碍了我们的双眼。于是我们可笑地醉心于自己手中的涂鸦之作,却无视着身外绝妙的山水。

我们趋之若鹜的,是杂草丛生之地。而在我们最初站着的地方,遗落的是我们亲手丢弃的颗颗宝石。

利益可以蒙蔽人们的双眼,名誉可以阻隔快乐的繁衍。有多少人为了自己的前程、为了自己的事业而忽视了身边的人、忽略了生活的真。没有生命的喜怒哀乐,即使取得再大的成绩,也只是行尸走肉的落魄者。

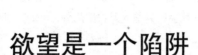

欲望是一个陷阱

　　一个欧洲雪山探险队准备公开选聘一批探险队员,消息传出后,许多人蜂拥而至,争先恐后纷纷表示希望自己能被选拔到探险队中去。

　　探险队长麦克对每一个应聘者都进行了极为严格的体能测试。测试结束后,麦克对体能测试合格的 20 名候选人说:"最后一项是心灵测试,只有心灵测试也合格的人才可能成为 1 名出色的雪山探险队员。"麦克队长让工作人员分别把 20 名候选人每人单独带进一个房间, 然后麦克队长分别给每个候选人一张纸条说:"10 分钟后,我来听取你的答案。"

　　10 分钟后,麦克队长走进第一个房间里,微笑着问那个年轻人说:"小伙子,假若再有 10 米之遥你就要登上世界最高峰珠穆朗玛峰的峰顶了, 但是十分遗憾的是,有一个队员就在离你 1 米左右的前边,这意味着他将是第一个登上峰顶的人,而你只能是第二个,这时,你会怎么办?"

　　年轻人听了,立刻说:"在我 1 米左右的前边,不就是一步或两步吗?我会毫不犹豫地超过他!"麦克队长听了,十分遗憾地说:"年轻人, 你不适合做雪山探险队员。"小伙子不解地问:"为什么?"麦克队长没有回答他。

　　走了 19 个房间,麦克队长 19 次提出这个问题,19 个年轻人差不多都是这样回答他的,当麦克队长把这个问题又一次摆在第 20 号候选者面前时,这个年轻人说:"没什么,就让他做第一吧,我情愿做第二名。"

　　麦克队长盯着这个健壮的年轻人问:"为什么?"

　　年轻人十分坦然地说:"我不想争论谁是第一名或第二名,我没有那么多的复杂欲望,我是一个雪山探险者,不管我是第几名,只要能把我自己的双脚踏在世界最高的地方就行了。"

　　麦克队长一听,双眼顿时亮了,欣喜地说:"祝贺你,你肯定能从雪山上成功地活着回来!"其他人都不解地望着麦克队长,麦克队长顿了顿解释说:"我和雪山打了大半辈子的交道了,白雪皑皑的雪山不是闹市,不是平地,那是零下几十度的地方,是空气十分稀薄的地方,喘一口气都很艰难,你的脚下随时都是可以置人于死地的自然陷阱,在那里还心存独占鳌头的欲望,为了超越你前边的人,你势必会不按前边人的脚印走,那么你就会一脚踏入死亡的陷阱,掉入千丈冰谷之中,或者是你紧赶几步力图超越你前边的人,那么你马上就会因空气稀薄而窒息,在又冷又滑的冰川上倒下去。"麦克队长顿了顿,悲伤地说:"有许多雪山探险队员就是因为这一点点的欲望而永久留在雪山上了。"在气候恶劣、空气稀薄的雪山上,内心里的一点点欲望会让人有100种死法的可能,欲望。永远都是命运的陷阱,一个人内心有了欲望,他的脚下就布下了黑森森的陷阱,心怀欲望的人是永远不能到达峰顶的,只有那些内心豁达、坦荡,只顾埋头赶路的人,才能最终踏上世界的顶峰。那些满腹功名利禄的有几人登上过命运的顶峰呢?欲望,是他们背在心灵上的沉重包袱,是悄悄潜伏在他们命运脚下的深深陷阱,他们不是被沉重的欲望压倒,就是陷入欲望的陷阱里永远不能自拔。而那些不计名利的人,他们胸怀阳光、心荡清风,他们没有心灵的包袱,人生的峰巅迟早会捧起他们的双脚,让他们攀登到生命的高峰。

丢掉欲望,丢掉我们命运的包袱,只有这样,我们命运的步履才会轻盈,我们才能抵达人生的顶点。

有时候,一些欲望就会改变我们的命运,一些杂念就会葬送我们的前程。舍弃心中的欲望,我们才能轻松上路;在没有杂念的时候,我们才会心清如水。淡泊名利,才不会被世俗所累,才会站得高,看得远。

可怕的一棵树

两户人家之间的空处有一棵银杏树,枝繁叶茂,秋天来的时候,银杏的果子成熟了,颗颗粒粒地掉在泥地里。

孩子们捡回一些,但都不敢吃。老人们说银杏果子有"毒"性,不能多吃。

这棵树不知道是属于两户人家中的哪户,这样的日子过了许多许多年。

有一年,其中的一户人家的主人去了一趟城里,知道银杏果可以卖钱,他摘了一大袋背到城里,结果换来一大沓花花绿绿的票子。

银杏果可以换钱的消息不胫而走,另一户人家主人上门要求两家均分那些钱,他的要求当然被拒绝了。

于是,他找出了土地证,结果发现这棵银杏树划定在他的界限内。

于是,他再一次要求对方交出卖银杏果的钱,并且告诉对方这棵银杏树是他家的。

对方当然不认输,他从一位老人处得知,这棵银杏树是他的爷爷当年种下的,他也有证据证明这棵银杏树是他的。

两家闹起纠纷,反目成仇,乡里也不能判断这棵树是谁的,一个有土地证,但证件颁发时间已久,土地已调整多次了;一个有证人证言,"前人栽树,后人乘凉",自古而然。

于是,两人都起诉到了法院。法院也为难,这是一件棘手的事情,于是建议庭外调解。

但两人都不同意,他们都认为这棵银杏树是自己的,为什么要共有这棵树?

案子便拖下来了,他们年年为了这棵银杏树吵架,甚至斗殴,大打出手。

这样的故事延续了 10 年。10 年后,一条公路穿村而过,两户人家拆迁,银杏树被砍倒。这场历经 10 年的纠纷终于在银杏树的轰然倒下后结束了。

谁也没要那棵树,因为银杏树干是空的,只能当柴烧。

为了一棵树,他们竟然争斗了 10 年,3000 多个本来可以快快乐乐的日日夜夜,这难道不比一棵树重要?为什么不去种一棵树呢?10 年后,树苗完全可以长成一棵大树。问题是,他们心中只有一棵会给他们赚钱的树。

　　想来真的可怕,有时一个人为了得到某一种东西,往往会失去自己更重要的东西。

　　对眼前的利益斤斤计较,我们就失去了许多人生的乐趣。对身边的芝麻小利不舍得松手,前面的西瓜业绩就会从我们身边匆匆溜走。不要因为一棵树而失去整片森林,懂得放手,才会收获更多。

不知美味

世间的事情真的不可思议。

我到养殖场购买红草鱼苗,我问这儿问那儿,问到鱼食时,养殖员说:"很简单,每天,早晨八、九点钟的时候,太阳升起来了,朝池面上撒两把玉米面,如此而已。"

"那么,红线虫等鱼食是否可以喂养?"

养殖员眼珠一翻,反诘道:"你是大富翁啊,还是草鱼的爹?那么破费。"的确,每天一餐红线虫喂养大的草鱼,还不比金子贵重?

养殖员还嘱咐我,不要发善心,让草鱼偶尔开开荤,那样会害死鱼。金口玉齿之后,草鱼很难返璞归真。玉米面就是玉米面,从小到大,终生受用。

我真有点替草鱼可怜?世界那么大,美味那样多,草鱼一生一世就只知道玉米面。好在,鱼脑简单,有吃有喝有水游,便优哉游哉。

我去乡下探亲,跟一个白胡子老爷爷拉匣话,讲起都市中的电脑、洋楼、宝马车,还有些奇奇怪怪的名词:光污染,噪音疲劳症等等,老人听得津津有味。我说:"我带你回去逛逛,开开眼吧。"他却拨浪鼓似的摇头:"不去,不去,看花眼了,回家会不舒坦。"

他怕眼馋、心痒,适应不了朴素的日子。

白胡子爷爷蹲在他的园子里施肥、拔草、浇灌,守护着一年的收成,根本不在乎什么电脑、洋房、宝马车。他整天乐呵呵的,非常满足。我忽然感到,寻求幸福的方式很多,其中一条便是守住淳朴,拒绝诱惑。

一池草鱼,一旦喂养了美味,便等于害了它们,何况是人?操守二字何其重要,何其深刻!我们替草鱼操守,以便其正常生长,谁又替我们自己操守,以便正常生活?

当花花绿绿的世界吸引着我们,当五光十色的诱惑充斥着社会,有多少人能固守心中的一份宁静呢?其实,保持淳朴的心,才能生活得更加富足。拒绝外界的诱惑,才能享受心中的祥和与喜悦。

追蝶失澳洲

18世纪后半叶,欧洲探险家来到澳大利亚,发现了这块广袤千里、丰饶富足的"新大陆"。随后,白人殖民者蜂拥而至,为抢占土地、建立殖民地展开了激烈的角逐。

1802年,英国派遣弗林达斯船长率双桅帆船驶向澳大利亚。与此同时,法国的拿破仑也命阿梅兰船长驾驶三桅船鼓帆前往。

经过一番航海较量,驾驶先进的三桅快船的法国人捷足先登,抵达并抢占了澳大利亚的维多利亚州,将该地命名为"拿破仑领地"。在自我陶醉、洋洋得意之时,好奇的法国人发现当地有一种珍奇的蝴蝶。为了捕捉这种色彩斑斓的珍蝶,他们竟然忘记了肩负的重要使命,全体出动,一直纵深追到澳大利亚的腹地。

正当法国人追捕珍蝶的时候,英国人驾驶着双桅船也匆匆赶到了。英国人看到了法国人停泊在那里的三桅船,顿时感到万分的沮丧。在万般无奈之中,他们突然惊喜地发现先期到达的法国人却无影无踪了。机不可失,失不再来。于是,弗林达斯船长立即命令手下安营扎寨、抢占地盘……

法国人兴高采烈地带着珍蝶返回来的时候,这块面积相当于英国大小的土地,已经被英国人牢牢地掌握在手中,留给法国人的只是无尽的懊丧与遗憾。

珍蝶是诱惑。诱惑总是嘲弄那些认真追求它的痴情傻瓜,法国人大概做梦也不会想到,追捕小小的蝴蝶竟导致失去澳洲的历史性悲剧。

世界上到处都有类似珍蝶的诱惑,到处都有超过珍蝶的诱惑。诱惑力越强,危害性也越大。不能战胜诱惑,就不能战胜自己;不能战胜自己,就不能战胜对手。胜人者应先自胜。

我们不要被一时的美丽遮住双眼,不要被一时的繁荣欺骗。诱惑就像一个骗子,当我们发觉自己上当受骗时,自己早已踏入泥潭。及早提高警惕,才能抵御珍蝶的引诱,坚定信念,才能在鲜花的迷宫中认清方向。

爱斯基摩人捕狼

爱斯基摩人捕狼的办法世代相传，很特别，也很有效。严冬季节，他们在锋利的刀刃上涂上一层新鲜的动物血，等血冻住后，他们再往上涂第二层血，再让血冻住，然后再涂……如此反复，很快刀刃就被冻血坨藏得严严实实了。下一步，爱斯基摩人把被血坨包裹住的尖刀反插在地上，刀把结实地扎在地里，刀尖朝上。当狼顺着血腥味找到这样的尖刀时，它们会兴奋地舔食刀上的冻血。融化的血液散发出强烈的气味，在血腥味的刺激下，它们会越舔越快，越舔越用力，直到所有的血被舔干净，锋利的刀刃暴露出来。但狼这时已经嗜血如狂，它们猛舔刀锋，在血腥味的诱惑下，根本感觉不到舌头被刀锋划开的疼痛，狼完全不知道它正在舔食的其实是自己的鲜血。它只是变得更加贪婪，舌头舔动得更快，血流得也更多，直到最后精疲力竭地倒在雪地上。令人失去理智的，是外界的诱惑；而最终耗尽一个人精力甚至生命的，却往往是他自己无尽的贪欲。

为了满足自己的私欲，有些人铤而走险，有些人弄虚作假。不管采用哪种不正当的手段，即使得到巨大的利益，也是不会长久的，终将付出惨重的代价。实实在在地劳作，才能祛除心中的贪念，谋取真正的幸福。